(明)吴承恩 撰

李卓吾先生批評西遊記

第一一册

國家圖書館出版社

第一一册目録

第七十一回

行者假名降怪犼　觀音現像伏妖王

色即空兮自古、空言是色如然、人能悟徹色空禪、何用丹砂炮煉、德行全修休懈、工夫苦用熬煎、有時行滿去朝天、永注仙顏不變、

話說那賽太歲緊關了前後門戶、搜尋行者、直嚷到黃昏時分、不見踪跡、坐在那剝皮亭上、點聚羣妖、發號施令、都教各門上提鈴喝號、擊鼓敲梆、一個個弓上弦、刀出鞘、支更坐夜、原來孫大聖變做箇痴蒼蠅、釘在門傍、見前面防備甚緊、他即抖開翅、飛入後宮門首、看處、見金聖娘娘伏

在御案上淸淸滴淚隱隱聲悲、行者飛進門去輕輕的落
在他那烏雲散髻之上、聽他哭的甚麼、少頃間那娘娘忽
失聲道、主公呵我和你
前生燒了、斷頭香、今世遭逢潑怪、王折鳳三年何日會、
分鸞兩處、致悲傷、差來長老才通信、驚散佳姻一命亡、
只為金鈴難解識、相思又比舊時狂、
行者聞言卽移身到他耳根後、悄悄的叫道、聖宮娘娘、你
休恐懼、我還是你國差來的神僧孫長老、未曾傷命、只因
自家性急、近粧臺偷了金鈴、你與妖王吃酒之時、我却脫
身出了前亭、忍不住打開看看、不期扯動塞口的綿花、那

鈴响一聲、迸出烟火、我就荒了手脚、把金鈴丢了、現出原身、使鐵棒苦戰不出、恐遭毒手、故變作一箇蒼蠅兒、釘在門樞上、躲到如今、那妖王愈加嚴緊、不肯開門、你可再以夫妻之禮、哄他進來安寢、我好脫身行事、別作區處救你也、娘娘一聞此言、戰兢兢髮似神揪、虛怯怯心如杵築、淚汪汪的道、你如今是人是鬼、行者道、我也不是人、我也不是鬼、如今變作箇蒼蠅兒在此、你休怕、快去請那妖王也、娘娘不信、淚滴滴悄語低聲道、你莫魘寐我、行者道、我豈敢魘寐你、你若不信、張開手、等我跳下來你看、那娘娘真箇把左手開張、行者輕輕飛下、落在他玉掌之間、好便似

菡萏蕋頭（和尚却在娘娘手裡）釘黑豆牡丹花上歇遊蜂、繡毬心裡葡萄落、
百合枝邊黑點濃、
金聖宮高擎玉掌叫聲神僧、行者嚶嚶的應道、我是神僧
變的、那娘娘方才信了、悄悄的道我去請那妖王來時、你
却怎生行事、行者道、古人云、斷送一生惟有酒、又云破除
萬事無過酒、酒之爲用多端、你只以飲酒爲上、你將那貼
身的侍婢、喚一個進來、指與我看、我就變作他的模樣、在
傍邊伏侍、却好下手、那娘娘眞箇依言、卽叫春嬌何在、那
屏風後轉出一個玉面狐狸來、跪下道、娘娘喚春嬌有何
使令、娘娘道、你去叫他們來點紗燈焚腦麝、扶我上前庭、

請大王安寢也、那春嬌即轉前面叫了七八箇怪鹿妖狐打著兩對燈籠、一對提爐、擺列左右、娘娘欠身叉手、那大聖早已飛去、好行者、展開翅、徑飛到那玉面狐狸頭上、拔下一根毫毛、吹口仙氣、叫變、變作一箇瞌睡蟲、輕輕的放在他臉上、原來瞌睡蟲到了人臉上、往鼻孔裡爬、爬進孔中、即瞌睡了、那春嬌果然漸覺困倦、立不住脚、搖樁打盹、即忙尋著原睡處、丢倒頭只管呼呼的睡去、行者跳下來、搖身一變、變做那春嬌一般模樣、轉屏風與衆同立不題、

却說那金聖宮娘娘往前正走、有小妖看見、即報賽太歲道、大王、娘娘來了、那妖王急出剝皮亭外迎迓、娘娘道、大

王今烟火既息賊已無踪深夜之際特請大王安置那怪滿心懽喜道娘娘珍重却才那賊乃是孫悟空他敗了我先鋒打殺我小校變化進來哄了我們我們這般搜簡他却渺無踪跡故此心上不安娘娘道那廝想是走脫了大王放心勿慮且自安寢去也妖精見娘娘侍立敬請不敢堅辭只得分付羣妖各要小心火燭謹防盜賊遂與娘娘徑往後宮行者假變春嬌從兩班侍婢引入娘娘叫安排酒來與大王解勞妖王笑道正是正是快將酒來我與娘娘壓驚假春嬌即同衆怪鋪排了菓品整頓些腥肉調開卓椅那娘娘擎杯這妖王也以一杯奉上二人穿換了酒

了假春嬌在傍執着酒壺道大王與娘娘今夜才遞交杯盞請各飲乾穿箇雙喜杯兒眞箇又各斟上又飲乾了假春嬌又道大王娘娘喜會衆侍婢會唱的供唱善舞的起舞來耶說未畢只聽得一派歌聲齊調音律唱的唱舞的舞他兩個又飲了許多娘娘叫住了歌舞衆侍婢分班出屏風外擺列惟有假春嬌執壺上下奉酒娘娘與那妖王耍說得是夫妻之話你看那娘娘一片雲情雨意哄得那妖王骨軟筋痲只是沒福不得沾身可憐眞是猫咬尿胞空懽喜叙了一會笑了一會娘娘問道大王寶貝不曾傷損麼妖王道這寶貝乃先天摶鑄之物如何得損只是被

那賊扯開塞口之綿、燒了豹皮包袱也、娘娘說怎生收拾、妖王道不用收拾、我帶在腰間哩、假春嬌聞得此言、即拔下毫毛一把嚼得粉碎、輕輕挨近妖王、將那毫毛放在他身上、吹了三口仙氣、暗暗的叫變、那些毫毛卽變做三樣惡物、乃虱子蛇蚤臭蟲、攻入妖王身內、挨着皮膚亂咬、那妖王燥癢難禁、伸手入懷揣摸揉痒、用指頭捏出幾箇虱子來、拿近燈前觀看、娘娘見了、含忖道、大王想是襯衣穰了久不曾漿洗、故生此物耳、妖王慚愧道、我從來不生此物、可可的今宵出醜、娘娘笑道、大王何爲出醜、常言道皇帝身上也有三箇御虱哩、且脫下衣服來、等我替你捉捉妖王眞箇解帶脫衣、假春嬌在傍、着意觀看、那妖王身上衣服層層皆有虼蚤、跳仟仟皆排大臭蟲、子母虱密密濃濃、就如螻蟻出窩中、不覺的揭到第三層見肉之處、那金鈴上紛紛垓垓的、也不勝其數、假春嬌道、大王拿鈴子來、等我也與你捉捉虱子、那妖王一則羞、二則慌、却也不認得眞假、將三箇鈴兒遞與假春嬌、假春嬌接在手中理弄多時、見那妖王低着頭抖這衣服、他即將金鈴藏了、採下一根毫毛、變作三箇鈴兒、一般無二、拿向燈前翻檢、却又把身子扭扭揑揑的抖了一抖、將那虱子臭蟲虼蚤收了身上、把假金鈴兒遞與那怪、那怪接在手中、一發朦

朧無措、那里認得甚麼真假、雙手托着那鈴兒、遞與娘娘
道、今番你却收好了、却要仔細仔細、不要像前一番那娘
娘接過來、輕輕的揭開衣箱、把那假鈴收了、用黃金鎖鎖
了、却又與妖王飲了幾杯酒、教侍婢淨拂牙床、展開錦被
我與大王同寢、那妖王喏喏連聲道、沒福沒福、不敢奉陪、
我還帶個宮女往西宮裡睡去、娘娘請自安置、遂此各歸
寢處不題、却說假春嬌得了手、將他寶貝帶在腰間、現了
本相、把身子抖一抖、收了那瞌睡蟲兒、徑往前走去、只聽
得梆鈴齊响、緊打三更、好行者、揑着訣、念動真言、使箇隱
身法、直至門邊、又見那門上拴鎖甚密、却就取出金箍棒、

望門一指、使出那解鎖之法、那門就輕輕開了、急撒步出門站下、應聲高叫道、賽太歲、還我金聖娘娘來、連叫兩三遍、驚動大小羣妖、急急看處、前門開了、即忙掌燈尋鎖把門兒依然鎖上、着幾個跑入裡邊去報道、大王有人在大門外、呼喚大王尊號、要金聖娘娘哩、那裡邊侍婢、即出宮門、悄悄的傳言道、莫吆喝、大王才睡着哩、行者又在門前高叫、那小妖又不敢去驚動、如此者三四遍、俱不敢去通報、那大聖在外嚷嚷鬧鬧的、直弄到天曉、忍不住手輪着鐵棒上前打門、慌得那大小羣妖、頂門的頂門、報信的報信、那妖王一覺方醒、只聞得亂攛攛的喧嘩、起身穿了衣服、即出羅帳之外問道、嚷甚麼、衆侍婢才跪下道、爺爺不知是甚人在洞外叫罵了半夜、如今却又打門、妖王走出宮門只見那幾箇傳報的小妖、慌張張的磕頭道、外面有人叫罵要金聖宮娘娘哩、若說半箇不字、他就說出無數的歪話、甚不中聽、見天曉大王不出、逼得打門也、那妖道、且休開門、你去問他是那里來的、姓甚名誰、快來回報、小妖急出去、隔門問道、打門的是誰、行者道、我是朱紫國拜請來的外公、來取聖宮娘娘回國哩、那小妖聽得、即以此言回報、那妖隨往後宮查問來歷、原來那娘娘才起來、還未梳洗、早見侍婢來報、爺爺來了、那娘娘急整衣、散挽黑雲出宮迎迓才坐下還未及開又聽得小妖來報那來的外公已將門打破矣那妖笑道娘娘你朝中有多少將帥娘娘道在朝有四十八衛人馬良將千員各邊上元帥總兵不計其數（趣）妖王道可有個姓外的麼娘娘道我在宮只知內裡輔助君王早晚教誨妃嬪外事無邊我怎記得名姓妖王道道來者稱為外公（妖怪自然認不得外公）我想着百家姓上更無箇姓外的娘娘賦性聰明出身高貴居皇宮之中必多覽書籍記得那本書上有此姓也娘娘道止千字文上有句外受傳訓（以刻為真奇絕奇絕）想必就是此矣妖王喜道定是定是即起身辭了娘娘到剝皮亭上結束整齊點出妖兵開了門直至外面手

持一柄宣花鉞斧、厲聲高叫道、那個是朱紫國來的外公
行者把金箍棒揝在右手、將左手指定道、賢甥叫我怎的
那妖王見了心中大怒道、你這厮

相貌若猴子、嘴臉似猢猻、七分真是鬼、大膽敢欺人

行者笑道、你這個誑上欺君的潑怪、原來沒眼、想我五百年前大鬧天宮時、九天神將見了我、無一箇老字不敢稱呼、你叫我聲外公、那里虧了你、妖王喝道、快早說出姓甚名誰、有些甚麼武藝、敢到我這里猖獗、行者道、你若不問姓名猶可、若要我說出姓名、只怕你立身無地、你上來站穩着、聽我道、

生身父母是天地、日月精華結聖胎、仙石懷抱無歲數、靈根孕育甚奇哉、當年產我三陽泰、今日歸眞萬會諧、曾聚衆妖稱帥首、能降衆怪拜丹崖、玉皇大帝傳宣旨、太白金星捧詔來、請我上天承職裔、官封弼馬不開懷、初心造反謀山洞、大膽興兵鬧御階、托塔天王并太子、交鋒一陣盡猥衰、金星復奏玄穹帝、再降招安敕旨來、封做齊天眞大聖、那時方稱棟梁材、又因攪亂蟠桃會、仗酒偷丹惹下災、太上老君親奏駕、西池王母拜瑤臺、情知是我欺王法、即點天兵發火牌、十萬兇星并惡曜、干戈劍戟密排排、天羅地網漫山布、齊舉刀兵大會垓、

惡鬬一場無勝敗、觀音推薦二郎來、兩家對敵分高下、
他有梅山兄弟儕、各逞英雄施變化、天門三聖撥雲開、
老君丟了金剛套、衆神擒我到金階、不須詳允書供狀、
罪犯凌遲殺斬災、斧剁鎚敲[illegible]損命、刀輪劍砍怎傷樸、
火燒雷打只如此、無計摧殘長壽胎、押赴太清兜率院、
爐中煆煉儘安排、日期滿足才開鼎、我向當中跳出來、
手挺這條如意棒、翻身打上玉龍臺、各星各象皆潛躲、
大鬧天宮任我歪、巡視靈官忙請佛、釋伽與我逞英才、
手心之內翻觔斗、遊徧周天去復來、佛使先知照哄法、
被他壓住在天崖、到今五百餘年矣、解脫微軀又弄乖

特保唐僧西域去、悟空行者甚明白、西方路上降妖怪、
那箇妖邪不懼哉、
那妖王聽他說出悟空行者、遂道、你原來是大鬧天宮的
那厮、你既脫身保唐僧西去、你走你的路去便罷了、怎麼
羅織管事、替那朱紫國爲奴、却到我這里尋死、行者喝道
賊潑怪說話無知、我受朱紫國拜請之禮、又蒙他稱呼管
待之恩、我老孫比那王位還高千倍、他敬之如父母、事之
如神明、你怎麼說出爲奴二字、我把你這誑上欺君之怪、
不要走、吃外公一棒、那妖慌了手脚、即閃身躲過、使宣花
斧劈面相迎、這一塲好殺、你看

金箍如意棒、風刃宣花斧、一個咬牙發狠兒、一個切齒施威武、這箇是齊天大聖降臨凡、那箇是作怪妖王來下土、兩個噴雲曖霧照天宮、眞是走石揚沙遮斗府、往往來來解數多、翻翻復復金光吐、齊將本事施、各把神通賭、這箇要取娘娘轉帝都、那箇喜同皇后居山塲、這塲都是沒來由捨死忘生因國主、

他兩個戰經五十回合、不分勝負、那妖王、見行者手段高強、料不能取勝、將斧架往他的鐵棒道、孫行者、你且住手、我今日還未早膳、待我進了膳、再來與你定雌雄、行者情知是要取鈴鐺、收了鐵棒道、好漢子、不赶乏兎兒、你去你

去吃飽些好來領死那妖急轉身闖入裡邊對娘娘道快將寶貝拿來娘娘道要寶貝何幹妖王道今早叫戰者乃是取經的和尚之徒叫做孫悟空行者假稱外公我與他戰到此時不分勝負等我拿寶貝出去放些烟火燒這猴頭娘娘見說心中怪突欲不取出鈴兒恐他見疑欲取出鈴兒又恐傷了孫行者性命正自躊躇未定那妖王又催

娘娘一心只為着和尚

逼道快拿出來這娘娘無奈只得將鎖鑰開了把三箇鈴兒遞與妖王妖王拿了就走出洞娘娘坐在宮中淚如雨下思量行者不知可能逃得性命兩人却俱不知是假鈴也那妖出了門就占起上風叫道孫行者休走看我搖搖

鈴兒行者笑道你有鈴我就沒鈴你會搖我就不會搖妖王道你有甚麼鈴兒拿出來我看行者將鐵棒揑做箇綉花針兒藏在耳內却去腰間解下三箇眞寳貝來對妖王說這不是我的紫金鈴兒妖王見了心驚道蹺蹊蹺蹊他的鈴兒怎麼與我的鈴兒就一般無二縱然是一箇模子鑄的好道打磨不到也有多箇瘢兒少箇蒂兒却怎麼這等一毫不差又問你那鈴兒是那里來的行者道賢甥你那鈴兒却是那里來的妖王老實便就說道我這鈴兒是

太清仙境道源深八卦炉中久煉金結就鈴兒稱至宝

老君留下到如今

行者笑道、老孫的鈴兒、也是那時來的、妖王道、怎生出處、
行者道、我這鈴兒是
道祖燒丹兜率宮、金鈴摶煉在爐中、二三如六循環寶、
我的雌來你的雄、（妙猴）
妖王道、鈴兒乃金丹之寶、又不是飛禽走獸、如何辨得雌雄、但只是搖出寶來、就是好的、行者道、口說無憑、做出便見、且說你先搖、那妖王真箇將頭一箇鈴兒幌了三幌、不見火出、第二箇幌了三幌、不見烟出、第三箇幌了三幌、也不見沙出、妖王慌了手脚道、怪哉怪哉、世情變了、這鈴兒想是懼內、雄見了雌、所以不出來了、（趣）行者道、賢甥住了手

等我也搖搖你看、好猴子、一把揩住三箇鈴兒、一齊搖起、你看那紅火青烟黃沙、一齊滾出、骨都都燎樹燒山、大聖口裡、又念箇呪語、望巽地上叫風來、眞箇是風催火勢、火仗風威、紅焰焰、黑沉沉、滿天烟火、遍地黃沙、把那賽太歲諕得魂飛魄散、走頭無路、在那火當中、怎逃性命、只聞得半空中、厲聲高叫、孫悟空、我來了也、行者急回頭上望、原來是觀音菩薩、左手托着淨瓶、右手拿着楊柳、洒下甘露救火、唬慌得行者、把鈴兒藏在腰間、即合掌倒身下拜、那菩薩將柳枝連拂幾點甘露、霎時間烟火俱無、黃沙絕跡、行者叩頭道、不知大慈臨凡、有失廻避、敢問菩薩何往菩薩道我特來收尋這箇妖怪、行者道這怪是何來歷敢勞、金身下降收之菩薩道他是我跨的箇金毛犼因牧童盹睡失於防守、這孽畜咬斷鐵索走來却與朱紫國王消災以生災為消災佛眼都是如此也行者聞言急欠身道菩薩反說了他在這里欺君騙后、敗俗傷風與那國王生災却說是消災何也菩薩道你不知之、當時朱紫國先王在位之時這箇王還做東宮太子、未曾登基他年幼間極好射獵率領了人馬縱放鷹犬正來到落鳳坡前有西方佛母孔雀大明王菩薩所生二子乃雌雄兩箇雀雛停翅在山坡之下被此王弓開處射傷了雄孔雀那雌孔雀也帶箭歸西佛母懺悔以後分付教他折鳳三年、身軀啾疾、那時節、我跨着這猻同聽此言、不期這業畜留心故來騙了皇后與王消災至今三年冤愆滿足、幸你來救治王患、我特來收妖邪也、行者道菩薩雖是這般故事、柰何他玷汚了皇后敗俗傷風壞倫亂法、卻是該他死罪、今蒙菩薩親臨、饒得他死罪、卻饒不得他活罪、讓我打他二十棒、與你帶去罷、菩薩道悟空你既知我臨凡、就當看我分上、一發都饒了罷也、筭你一番降妖之功、若是動了棍子、他也就是死了、行者不敢違言、只得拜道菩薩既收他囘海、再不可令他私降人間、貽害不淺、那菩薩才喝了一聲、業畜還不還原、待何時也、只見那怪打

箇濛現了原身、將毛衣抖抖、菩薩騎上、菩薩又望項下一
看、不見了三箇金鈴、菩薩道、悟空還我鈴來、行者道、老孫
不知、菩薩喝道、你這賊猴、若不是你偷了這鈴、莫說一個
悟空、就是十個也不敢近身、快拿出來、行者笑道、實不會
見、菩薩道、既不曾見、等我念念緊箍兒呪、那行者慌了、只
教莫念莫念、鈴兒在這裏哩、這正是犼項金鈴何人解、解
鈴人還問繫鈴人、菩薩將鈴兒套在犼項下、飛身高坐、你
看他四足蓮花生焰焰、滿身金縷迸森森、大慈悲回南海、
不題、卻說孫大聖整束了衣裙、輪鐵棒打進獬豸洞去、把
羣妖衆怪盡情打死、勦除乾淨、直至宮中請聖宮娘娘回

國、那娘娘頂禮不盡、行者將菩薩降妖金折鳳原由、備說了一遍、尋些軟草扎了一條草龍、教娘娘跨上、合着眼莫怕、我帶你回朝見主也、那娘娘謹遵分付、行者使起神通、只聽得耳內風响、半箇時辰、帶進城、按落雲頭、叫娘娘開眼、那皇后睜開眼看、認得是鳳閣龍樓、心中懽喜、撇了草龍、與行者同登寶殿、那國王見了、急下龍床、就來扯娘娘玉手、欲訴離情、猛然跌倒在地、只叫手疼手疼、八戒哈哈大笑道、嘴臉沒福消受、一見面就蜇殺了也、行者道、獃子、你敢扯他扯兒麼、八戒道、就扯他扯兒便怎的、行者道、娘娘身上生了毒刺、手上有蜇陽之毒、自到麒麟山與那賽太歲三年、那妖更不曾沾身、但沾身就害身疼、但沾手就害手疼、衆官聽說道、似此怎生柰何、此時外面衆官憂疑、內裡嬪妃悚懼、傍有玉聖銀聖二宮、將君王扶起、俱正在愴惶之際、忽聽得那半空中有人叫大聖道、我來也、行者擡頭覷看、只見那

肅肅冲天鶴淚、飄飄徑至朝前、繚繞祥光道道、氤氳瑞氣翩翩、棕衣苦體放雲烟、足踏芒鞋罕見、手執龍鬚蠅帚、絲縧腰下圍纏、乾坤處處結人緣、大地逍遙遊遍、此乃是大羅天上紫雲仙、今日臨凡解魔、

行者上前迎住道、張紫陽何往、紫陽眞人直至殿前、躬身

施禮道大聖小仙張伯端起手行者答禮道你從何來眞人道小仙三年前曾赴佛會因打這里經過見朱紫國王（安得張眞人棕衣凡婦人都與他一件也）有折鳳之憂我恐那妖將皇后玷辱有壞人倫後日難與國王復合是我將一件舊棕衣變作一領新霞裳光生五彩進與妖王教皇后穿了粧新那皇后穿上身即生一身毒刺毒刺者乃棕毛也今知大聖成功特來解魘行者道既如此累你遠來且快解脫眞人走向前對娘娘用手一指即脫下那件棕衣那娘娘遍體如舊眞人將衣抖一抖披在身上對行者道大聖勿罪小仙告辭行者道且住待君王謝謝眞人笑道不勞不勞遂長揖一聲騰空而去慌

得那皇帝皇后及大小衆臣、一個個望空禮拜、拜畢即命大開東閣、酬謝四僧、那君王領衆跪拜、夫妻才得重諧、正當歡宴時、行者叫師父拿那戰書來、長老袖中取出遞與行者、行者遞與國王道、此書乃那怪差小校送來者、那小校已先被我打死、送來報功、後復至山中、變作小校進洞回復、因得見娘娘、盜出金鈴、幾乎被他拿住、又變化復偷出、與他對敵、幸遇觀音菩薩、將他收去、又與我說折鳳之故、從頭至尾細說了一遍、那朱紫國君臣內外無一人不感謝稱讚、唐僧道、一則是賢王之福、二來是小徒之功、今蒙盛宴至矣、至矣、就此拜別、不要[illegible]、[illegible]向西去也、那國王一

□□□衙道換了關文大排鑾駕□

王妃后俱捧轂推輪相送而別正是〇著〇眼〇〇

有緣洗盡憂疑病　絕念無思

畢竟這去後面再有甚麼吉凶之事且聽□□分解

總批

雄鈴也怕雌鈴何懼內之風不遣一物如此若今日可謂鈴世界矣〇識得生災乃是消災苦海中俱極樂世界也此西遊度人處讀者著著眼

第七十二回

盤絲洞七情迷本　濯垢泉八戒忘形

話表三藏別了朱紫國王整頓鞍馬西進行勾多少山原歷盡無窮水道不覺的秋去冬殘又值春光明媚師徒們正在路踏青玩景忽見一座庵林三藏滾鞍下馬站立大道之傍行者問道師父這條路平坦無邪因何不走八戒道師兄好不通情師父在馬上坐得困了也讓他下來關關風是三藏道不是關風我看那里是箇人家意欲自去化些齋吃行者笑道你看師父說的是那里話你要吃齋我自去化俗語云一日爲師終身爲父豈有爲弟子者高

坐，敎師父去化齋之理。三藏道，不是這等說，平日間，一望
無邊無際，你們沒遠沒近的去化齋，今日人家逼近，可以
叫應，也讓我去化一箇來。八戒道，師父沒主張，常言道，三
人出外，小的兒苦。你況是個父輩，我等俱是弟子。古書云
有事弟子服其勞，等我老猪去。三藏道，徒弟呵，今日天氣
晴明，與那風雨之時不同，那時節，汝等必定遠去，此箇人
家，等我去，有齋無齋，可以就回走路。沙僧在傍笑道，師兄
不必多講，師父的心性如此，不必違拗，若惱了他，就化將
齋來，他也不吃。八戒依言，即取出鉢盂，與他換了衣帽，拽
開步，直至那庄前觀看，却也好座住塲。但見

石橋高聳古樹森齊石橋高聳潺潺流水接長溪古樹森齊聒聒幽禽鳴遠岱橋那邊有數椽茅屋清清雅雅若仙庵又有那一座蓬窗白白明明欺道院窗前忽見四佳人都在那里刺鳳描鸞做針線

長老見那人家沒個男兒只有四個女子不敢進去將身立定閃在喬林之下只見那女子

一個個閨心堅似石蘭性喜如春嬌臉紅霞襯朱唇絳脂勻蛾眉橫月小蟬鬢疊雲新若到花間立遊蜂錯認真

少停有半個時辰一發靜悄悄雞犬無聲自家思慮道我

若没本事化頓齋飯，也惹那徒弟笑我，敢道爲師的化不出齋來，爲徒的怎能去拜佛，長老没計柰何，也帶了幾分不是，趨步上橋，又走了幾步，只見那茅屋裡面有一座木香亭子，亭子下，又有三個女子，在那里踢氣毬哩，你看那三個女子，比那四個，又生得不同，但見那

飄揚翠袖搖拽緗裙，飄揚翠袖，低籠着玉笋纖纖，搖拽緗裙，半露出金蓮窄窄，形容體勢十分全，動靜腳跟千樣躧，拿頭過論有高低，張泛送來真又楷，轉身踢個出牆花，退步翻成大過海，輕接一團泥，單鎗急對拐，明珠上佛頭，實捏來尖撲，窄磚偏會拿，臥魚將腳撻，平腰折

膝蹲，扭頂翹跟蹁，扳凳能喧泛。披肩甚脫灑，絞當任往來，鎖項隨椿擺，踢的是黃河水倒流，金魚灘上買，那箇錯認是頭兒，這箇轉身就打拐，端然捧上臁，周正尖來捽，提跟潠草鞋，倒插回頭揉，退步泛肴䊋，鈎兒只一交。版篗下來長。便把奪門擶，踢到美心時，佳人齊喝采。一個個汗流粉膩透羅裳，興懶情疎方叫海。

言不盡。又有詩為證：

蹴踘當場三月天，仙風吹下素嬋娟。汗沾粉面花含露，
塵染蛾眉柳帶煙。翠袖低垂籠玉笋，緗裙斜拽露金蓮。
幾回踢罷嬌無力，雲鬓蓬鬆寶髻偏。

三藏看得時辰久了，只得走上橋頭，應聲高叫道：女菩薩，貧僧這里隨緣布施些兒齋吃。那些女子聽見，一個個喜喜懽懽，抛了針線，撇了氣毬，都笑笑吟吟的，接出門來道：長老失迎了。今到荒庄，决不敢攔路齋僧，請裡面坐。（唐僧到此自然要七縱七擒矣）三藏聞言，心中暗道：善哉善哉，西方正是佛地，女流尚且注意齋僧，男子豈不虔心成佛？長老向前問訊了，相隨衆女入茅屋，過木香亭看處，呀，原來那裡邊沒甚房廊，只見那

巒頭高聳，地脈遥長，巒頭高聳接雲煙，地脈遥長通海岳。門近石橋，九曲九灣流水顧；園栽桃李，千顆千樹鬭穠華。藤蘿掛懸三五樹，芝蘭香散萬千花。遠觀洞府欺

蓬島近覩仙林壓大華正是妖仙尋隱處更無鄰舍獨成家

有一女子上前把石頭門推開兩扇請唐僧裡面坐那長老只得進去忽擡頭看時鋪設的都是石桌石櫈冷氣陰陰長老心驚暗自思忖道這去處少吉多凶斷然不善衆女子喜笑吟吟都道長老請坐長老沒柰何只得坐了少時間打個冷禁衆女子問道長老是何寶山化甚麽緣還是修橋補路建寺禮塔還是造佛印經請緣簿出來看看長老道我不是化緣的和尚女子道既不化緣到此何幹長老道我是東土大唐差去西天大雷音求經者適過寶

才腹中饑餒、特造檀府、募化一齋、貧僧就行也。衆女子道、好好好、常言道、遠來的和尚好看經、妹妹們不可怠慢、快辦齋來、此時有三個女子陪着、言來語去、論說些因緣、那四個到廚中、撩衣斂袖、炊火刷鍋、你道他安排的是些甚麽東西、原來是人油炒煉、人肉煎熬、熬得黑糊充作麵觔樣子、剜的人腦煎作豆腐塊片、兩盤兒捧到石卓上放下、對長老道、請了、倉卒間不曾備得好齋、且將就吃些充腹、後面還有添換來也、那長老聞了一聞、見那腥膻、不敢開口、欠身合掌道、女菩薩、貧僧是胎裡素、衆女子笑道、長老、此是素的、長老道、阿彌陀佛、若是這等素的呵、我和尚吃

了。莫想見得世尊取得經卷。衆女子道長老。你出家人。切
莫揀人布施。長老道。怎敢怎敢。我和尚奉大唐旨意。一路
西來。微生不損。見苦就救。遇穀粒。手拈入口。逢絲縷聯縫
遮身。怎敢揀主布施。衆女子笑道長老雖不揀人布施。却
只有些上門怪人。莫嫌粗淡。吃些兒罷。長老道實是不敢
吃。恐破了戒。望菩薩養生。不若放生。放我和尚出去罷。那
長老掙着要走。那女子攔住門。怎麼肯放。俱道上門的買
賣。倒不好做。放了屁兒。却使手掩。你往那里去。他一個個
都會些武藝。手脚又活。把長老扯住。順手牽羊。撲的摜倒
在地。衆人按住。將繩子綑了。懸梁高弔。這弔有箇名色。呌

做仙人指路。原來是一隻手向前牽絲弔起，一隻手攔腰綑住，將繩弔起兩隻脚，向後一條繩弔起。三條繩把長老弔在梁上，却是脊背朝上，肚皮朝下。那長老忍着疼，噙着淚，心中暗恨道：我和尚這等命苦，只說是好人家化頓齋吃，豈知道落了火坑。徒弟啊，速來救我，還得見面，遲兩箇時辰，我命休矣。那長老雖然苦惱，却還留心看着那些女子。那些女子把他弔得停當，便去脫剝衣服。長老心驚暗自忖道：這一脫了衣服，是要打我的情了，或者夾生兒吃我的情也有哩。原來那女子們只解了上身衣裳，露出肚腹，各顯神通：一箇箇腰眼中冒出絲繩，有鴨蛋粗細，骨都都的迸玉飛銀時下把莊門攔了不題却說那行者八戒沙僧都在大道之傍他二人都放馬看擔惟行者是箇頑皮他且跳跳樹攀枝摘葉尋果忽回頭只見一片光亮慌得跳下樹來吆喝道不好不好師父造化低了行者用手指道你看那莊院如何八戒沙僧共目視之那一片如雪又亮如雪似銀又光似銀八戒道罷了罷了師父遇着妖精了我們快去救他也行者道賢弟莫嚷你都不見怎的等老孫去來沙僧道哥哥仔細行者道我自有處好大聖束一束虎皮裙掣了金箍棒撒開脚兩三步跑到前邊看見那絲繩纏了有千百層厚穿穿道道却是經緯之勢用

手按了一按有些粘軟沾人行者更不知是甚麽東西他卽舉棒道這一棒莫說是幾千層就是幾萬層也打斷了正欲打又停住手道若是硬的便可打斷這箇軟的只好打匾罷了假如驚了他纏住老孫反爲不美等我且問他一問再打你道他問誰卽捻一箇訣念一箇呪拘得箇土地老兒在廟裡似推磨的一般亂轉土地婆兒道老兒你轉怎的好道是羊兒風發了土地道你不知你不知有一箇齊天大聖來了我不曾接他他那里拘我里婆兒道你去見他便了却如何在這里打轉土地道若去見他他那棍子好不重他管你好歹就打哩婆兒道他見你這等老

了那里就打你土地道他一生好吃沒錢酒偏打老年人兩口講一會沒柰何只得走出去戰兢兢的跪在路傍叫道大聖當境土地叩頭行者道你且起來不要假忙我且不打你寄下在那里我問你此間是甚地方土地道大聖從那廂來行者道我自東土往西來的土地道大聖東來可曾在那山嶺上行者道正在那山嶺上我們行李馬匹還歇在那嶺上不是土地道那嶺叫做盤絲嶺嶺下有洞叫做盤絲洞洞裡有七個妖精行者道是男怪是女怪土地道是女怪行者道他有多大神通土地道小神力薄威短不知他有多大手段只知那正南上離此有三里之遥

有一座濯垢泉乃天生的熱水原是上方七仙姑的浴池自妖精到此居住占了他的濯垢泉仙姑更不曾與他爭競平白地就讓與他了我見天仙不惹妖魔怪必定精靈有大能行者道占了此泉何幹土地道這怪占了浴池一日三遭出來洗澡如今已時已過午時將來呀行者聽言道土地你且回去等我自家拿他罷那土地老兒磕了一箇頭戰兢兢的回本廟去了這大聖獨顯神通搖身一變變作箇麻蒼蠅兒釘在路傍草稍上等待須臾間只聽得呼呼吸吸之聲猶如蠶食葉却似海生潮只好有半盞茶時絲繩皆盡依然現出莊還像當初模樣又聽得呀的

一聲柴扉響處裡邊笑語諠譁走出七個女子行者在暗中細看見他一個個携手相攙挨肩執袂有說有笑的走過橋來果是標致但見

比玉香尤勝如花語更真柳眉橫遠岫檀口破櫻唇釵頭翹翡翠金蓮閃絳裙却似嫦娥臨下界仙子落凡塵

行者笑道怪不得我師父要來化齋原來是這一般好處這七個美人兒假若留住我師父要吃也不勾一頓吃要（如○何○用○思○之）用也不勾兩日用要動手輪流一擺布就是死了且等我去聽他一聽看他怎的筭計好大聖嚶的一聲飛在那前面走的女子雲髻上釘住才過橋來後邊的走向前來呼

道姐姐我們洗了澡、來蒸那胖和尚吃去、行者暗笑道這
怪物好沒算計煮還省些柴怎麼轉要蒸了吃那些女子、
採花鬥草、向南來、不多時到了浴池、但見一座門墻十分
壯麗遍地野花香艷艷滿傍蘭蕙密森森、後面、一個女子
走上前、呼哨的一聲、把兩扇門兒推開、那中間、果有一塘
熱水、這水

自開闢以來、太陽星原貞有十後被羿善開弓、射落九
烏墜地、止存金烏一星乃太陽之真火也、天地有九處
湯泉、俱是眾烏所化、那九陽々泉乃香冷泉、伴山泉、溫泉
東合泉、濵山泉、孝安泉、廣汾々泉、湯泉、此泉乃濯垢泉

有詩爲証。

一氣無冬夏，三秋永注春，炎波如鼎沸，熱浪似湯新，分溜滋禾稼，停流潔不塵，涓涓珠淚泛，滾滾玉團津，潤滑原非釀，清平還自溫，瑞祥本地秀，造化乃天眞，佳人洗處冰肌滑，滌蕩塵煩玉體新。

那浴池約有五丈餘闊，十丈多長，內有四尺深淺，但見水清徹底，底下水一似滾珠泛玉，骨都都冒將上來，四面有六七個孔竅通流，流去二三里之遙，淌到田裡，還是溫水，池上又有三間亭子，亭子中近後壁放着一張八隻脚的板凳，兩山頭放兩個描金採漆的衣架，行者暗中喜嚶嚶

的一翅飛在那衣架上叮住你看那些女子見水清又熱便要洗浴即脫了衣服搭在衣架上一齊下去被行者看見

褪放紐扣兒解開羅帶結酥胸白似銀玉體渾如雪肘膊賽冰鋪香肩欺粉貼肚皮軟又綿脊背光還潔膝腕半圍團金蓮三寸窄中間一段清露出風流穴

那女子都跳下水去一個個躍浪翻波負水頑耍行者道我若打他呵只消把這棒子往池中一攪就叫做滾湯潑老鼠一窩兒都是死可憐可憐打便打死他只是低了老孫的名頭常言道男不與女鬬我這般一個漢子打殺幾

箇了頭着實不濟不要打他只送他一個絕後計教他動
不得身出不得水多少是好好大聖捻着訣念箇咒搖身
一變變作箇餓老鷹但見

毛如霜雪眼若明星妖狐見處魂皆喪狡兎逢時膽盡
鋒芒快雄姿猛氣橫會使老拳供口腹不辭親
手逐飛騰萬里寒空隨上下穿雲檢物任他行

呼的一翅飛向前輪開利爪把他那衣架上搭的七套衣
服盡情彫去徑轉嶺頭現出本相來見八戒沙僧道你看
那八戒獃子遥着對沙僧笑道師父原來是典當鋪裡拿
了去的沙僧道怎見得八戒道你不見師兄把他些衣服

都搶將來也行者放下道此是妖精穿的衣服八戒道怎麼就有這許多行者道七套八戒道如何這般剝得容易又剝得乾淨行者道那曾用剝原來此處喚做盤絲嶺那庄村喚做盤絲洞洞中有七個女怪把我師父拿住弔在洞裡都向濯垢泉去洗浴那泉却是天地產成的一塘子熱水他都算計着洗了澡要把師父蒸吃是我跟到那里見他脫了衣服下水我要打他恐怕污了棍子又怕低了名頭是以不曾動棍只變做一個餓老鷹彫了他的衣服他都忍辱含羞不敢出頭蹲在水中哩我等快去解下師父走路罷八戒笑道師兄你凡幹事只要留根既見妖精

如何不打殺他却要去解師父他如今縱然藏着不出到
晚間必定出來他家裡還有舊衣服穿上一套來趕我們
縱然不趕他久住在此我們取了經還從那條路回去當
言道寧少路邊錢莫少路邊拳那時節他攔住了吵鬧却
不是個仇人也行者道憑你如何主張八戒道依我先打
殺了妖精再去解放師父此乃斬草除根之計行者道我
是不打他你要打你去打他八戒抖擻精神懽天喜地舉
着釘鈀拽開步徑直跑到那里忽的推開門看時只見那
七個女子蹲在水裡口中亂罵那鷹哩道這個匾毛畜生
猶嚼頭的亡人把我們衣服都彫去了教我們怎的動手

趣

八戒忍不住笑道、女菩薩、在這里洗澡哩、也携帶我和尚洗洗何如。那怪見了作怒道、你這和尚十分無禮、我們是在家的女流、你是個出家的男子、古書云、七年男女不同席、你好和我們同塘洗浴。八戒道、天氣炎熱、沒奈何將就容我洗洗兒罷、那里調甚麽書担兒、同席不同席、獃子不容說、丢下鐵鈀、脱了皂錦直裰、撲的跳下水來、那怪心中煩惱、一齊上前要打、不知八戒水勢極熟、到水裡搖身一變、變做一個鮎魚精、那怪就都摸魚、赶上拿他不住、東邊摸、忽的又渍了西去、西邊摸、忽的又渍了東去、滑扢虀的只在那腿襠裡亂鑽、原來那水有攙胸之深、水上盤了一會又盤在水底都盤倒了嘴噓噓的精神倦怠八戒却才跳將上來現了本相穿了直裰執着釘鈀喝道我是那個你把我當鮎魚精哩那怪見了心驚膽戰對八戒道你先來是個和尚到水裡變作鮎魚及拏你不住却又這般打扮你端的是從何到此是必留名八戒道這夥潑怪當真的不認得我我是東土大唐取經的唐長老之徒弟乃天蓬元帥悟能八戒是也你把我師父弔在洞裡算計要蒸他受用我的師父又好蒸吃快早伸過頭來各築一鈀教你斷根那些妖聞此言魂飛魄散就在水中跪拜道望老爺方便方便我等有眼無珠悮捉了你師父雖然弔在那

里。不曾敢加刑受苦。望慈悲饒了我的性命。情愿貼些盤費。送你師父往西天去也。八戒搓手道。莫說這話。俗語說得好。曾着賣糖君子哄。到今不信口甜人。是便築一鈀。各人走路。獃子一味粗夯。顯手段。那有憐香惜玉之心。舉着鈀。不分好歹。赶上前亂築。那怪慌了手脚。那里顧甚麽羞恥。只是性命要緊。隨用手侮着羞處。跳出水來。都跑在亭子裡站立。作出法來。臍孔中骨都都冒出絲繩。瞞天搭了箇大絲篷。把八戒罩在當中。那獃子忽擡頭不見天日。即抽身往外便走。那里舉得脚步。原來放了絆脚索。滿地都是絲繩。動動脚。跌箇躘踵。左邊去。一箇面磕地。右邊去。一箇倒栽葱急將身又跌了箇嘴揾地忙爬起又跌了箇豎蜻蜓也不知跌了多少跟頭把箇獃子跌得身麻脚軟頭暈眼花爬也爬不動只睡在地下呻吟那怪物却將他困住也不打他也不傷他一個個跳出門來將絲蓬遮住天光各回本洞到了石橋上站下念動真言霎時間把絲蓬收了赤條條的跑入洞裡侮着那話從唐僧面前笑嘻嘻的跑過去走入石房取幾件舊衣穿了徑至後門口立定叫孩兒們何在原來那妖精一個有一個兒子却不是他養的都是他結拜的乾兒子有名喚做蜜螞蠦班蝥蜡蜻蜜是蜜蜂螞是螞蜂蠦是蠦蜂班是班毛蝥是牛蝥蜡是

抹蜻蜻是蜻蜓、原來那妖精、幔天結網、擄住這七般蟲蛭、却要吃他、古云禽有禽語、獸有獸語、當時這些蟲、哀告饒命、願拜爲母、遂此春採百花供怪物、夏尋諸卉孝妖精、忽聞一聲呼喚、都到面前、問母親有何使令、衆怪道兒呵、早間我們錯惹了唐朝來的和尚、才然被他徒弟攔在池裡、出了多少醜、幾乎喪了性命、汝等努力快出門前去退他一退、如得勝後、可到你舅舅家來會我、那些怪既得逃生、往他師兄處、孽嘴生災不題、你看這些蟲蛭、一箇箇摩拳擦掌、出來迎敵、却說八戒跌得昏頭昏腦、擡頭見絲篷絲索俱無、他才一步一攧、爬將起來、忍着頭找回原路。見了行者用手扯住道哥哥我的頭可腫臉可青麼行者道你怎的來八戒道我被那廝將絲繩罩住放了絆脚索不知跌了多少跟頭跌得我腰拖背折寸步難移却才絲蓬索子俱空方得了性命回來也沙僧見了道罷了罷了你闖下禍來也那怪一定往洞裡去傷害師父我等快去救他行者聞言急拽步便走八戒牽着馬急急來到庄前但見那石橋上有七箇小妖兒攩住道慢來慢來我等在此行者見了道好笑乾淨都是些小人兒長的也只有二尺五六寸不滿三尺重的也只有八九斤不滿十斤喝道你是誰那怪道我乃七仙姑的兒子你把我母親欺辱了還

敢無知，打上我門，不要走，仔細，好怪物一箇箇手之舞之，足之蹈之，亂打將來，八戒見了生嗔，本是跌惱了的性子，又見那夥蟲蛭小巧，就發狠舉鈀來築，那些怪見獃子兇猛，一箇箇現了本像，飛將起去，叫聲變，須臾間，一箇變十箇，十箇變百箇，百箇變千箇，千箇變萬箇，箇箇都變成無窮之數，只見

滿天飛抹蜡，遍地舞蜻蜓，蜜螞追頭額，蠦蜂扎眼睛，班毛前後咬，牛蝱上下叮，撲面漫漫黑，翛翛鬼神驚，

八戒慌了道，哥阿，只說經好取，西方路上，蟲兒也欺負人哩，行者道，兄弟不要憂，快上前打，八戒道，撲頭撲臉，渾身

上下都叮有十數層厚却怎麼打行者道沒事沒事我自有手段八戒道哥呵有甚手段快使出來罷一會子光頭上都叮腫了好大聖長了一把毫毛嚼得粉碎噴將出去郎變做些黃麻𩿧白鵰魚鷂八戒道師兄又打甚麼市語黃阿麻阿的哩行者道你不知之黃是黃鷹麻是麻鷹𩿧是𩿧鷹白是白鷹鵰是鵰鷹魚是魚鷹鷂是鷂鷹那妖精兒子是七樣蟲我的毫毛是七樣鷹鷹最能嗛蟲一嘴一箇爪打翅敲須臾打得罄盡滿空無迹地積尺餘三兄弟方才闖過橋去徑入洞裡只見老師父弔在那里哼哼的哭哩八戒近前道師父你是要來這里弔了耍子不知作

成我跌了多少跟頭哩。沙僧道。且解下師父再說。行者卽將繩索挑斷。放下唐僧。都問道。師父妖精那里去了。唐僧道。那七個俱赤條條的。都往後邊叫兒子去了。行者道。兄弟們跟我來尋去。三人各持兵器。往後園裡尋處。不見蹤跡。都到那桃李樹上尋遍。不見。八戒道。去了去了。沙僧道不必尋他。等我扶師父去也。弟兄們。復來前面請唐僧上馬道。師父下次化齋。還讓我們去。唐僧道。徒弟呵。以後就是餓死。也再不自專了。八戒道。你們扶師父走着。等老豬一頓鈀築倒他這房子。教他來時沒處安身。行者笑道。築還費力。不若尋些柴來。與他箇斷根罷。好獃子。尋了些朽

松破竹、乾鄉枯藤點上一把火烘烘的都燒得乾淨、師徒
却才放心前來咦、
畢竟這去、不知那怪的吉凶如何、且聽下回分解

總批

七情迷本、八戒忘形、八箇字、最有深意、戒則不迷迷
則不戒、反掌間耳、○女子最會纏人、誰人能解此縛

第七十三回

情因舊恨生災毒　心主遭魔幸破光

話說孫大聖扶持着唐僧與八戒沙僧奔上大路一直西來不半晌忽見一處樓閣重重宮殿巍巍唐僧勒馬道徒弟你看那是箇甚麽去處行者舉頭觀看但見

山環樓閣溪遶亭臺門前雜樹密森森宅外野花香艶艶柳間棲白鷺渾如烟裡玉無瑕桃內囀黃鶯却是火中金有色雙雙野鹿忘情閑踏綠莎茵對對山禽飛語高枝紅樹杪真如劉阮天台洞不亞神仙閬苑家

行者報道師父那所在也不是王侯第宅也不是豪富人

家却像一箇菴觀寺院到那里方知端的三藏聞言加鞭促馬師徒們來至門前觀看門上嵌着一塊石板上有黃花觀三字三藏下馬八戒道黃花觀乃道士之家我們進去會他一會也好他與我們衣冠雖別修行一般沙僧道說得是一則進去看看景致二來也當撒貨頭只看方便處安排些齋飯與師父吃長老依言四衆共入但見二門上有一對春聯黃芽白雪神仙府瑤草琪花羽士家行者笑道這箇是燒茅煉藥弄爐火提罐子的道士三藏捻他一把道謹言謹言我們不與他相識又不認親左右暫時一會管他怎的說不了進了二門只見那正殿謹閉東廊

下坐着一個道士在那里丸藥你看他怎生打扮

戴一頂紅艷艷戧金冠穿一領黑淄淄烏皂服踏一雙綠陣陣雲頭履繫一條黄拂拂呂公縧面如瓜鐵目若朗星準頭高大類回回唇口翻張如韃韃道心一片隱轟雷伏虎降龍真羽士

三藏見了厲聲高叫道老神仙貧僧問訊了那道士猛擡頭一見心驚丟了手中之藥按簪兒整衣服降階迎接道老師父失迎了請裡面坐長老懽喜上殿推開門見有三清聖像供卓有爐有香即拈香注爐禮拜三匝方與道士行禮遂至客位中同徒弟們坐下急喚仙童看茶當有兩

箇小童即入裡邊尋茶盤。洗茶盞。擦茶匙。辦茶果。忙忙的
亂走。早驚動那幾個冤家。原來那盤絲洞七個女怪。與這
道士同堂學藝、自從穿了舊衣。喚出兒子。徑來此處。正在
後面裁剪衣服。忽見那童子看茶。便問道。童兒有甚客來
了。這般忙冗。仙童道。適間有四個和尚進來。師父教來看
茶。女怪道。可有個白胖和尚。道有。又問可有個長嘴大耳
朶的。道有。女怪道。你快去遞了茶。對你師父丟個眼色。着
他進來。我有要緊的話說。果然那仙童將五盃茶拿出去
道士斂衣。雙手拿一杯遞與三藏。然後與八戒沙僧行者
茶罷收鍾。小童丟個眼色。那道士就欠身道。列位請坐。教

童兒放了茶盤陪侍等我去去就來此時長老與徒弟們並一個小童出殿上觀玩不題卻說道士走進方丈中只見七個女子齊齊跪倒叫師兄師兄聽小妹子一言道士用手攙起道你們早間來時要與我說甚麼話可可的今日丸藥這枝藥忌見陰人所以不曾荅你如今又有客在外面有話且慢慢說罷衆怪道告稟師兄這樁事專爲客來方敢告訴若客去了縱說也沒用了道士笑道你看賢妹說話怎麼專爲客來才說卻不風了且莫說我是個淸淨修仙之輩就是個俗人家有妻子老小家務事也等客去了再處怎麼這等不賢替我裝幌子哩且讓我出去衆

怪一齊扯住道。師兄且息怒我問你前邊那客是那方來的。道士唾着臉。不荅應。衆怪道。方才小童進來取茶。我聞得他說是四個和尚。道士作怒道。和尚便怎麼。衆怪道。四箇和尚內有一個白面胖的有一個長嘴大耳的。師兄可曾問他是那里來的。道士道。內中有這兩個。你却怎麼知道想是在那里見他來。女子道。師兄原不知這個委曲。那和尚乃唐朝差往西天取經去的。今早到我洞裡化齋。委是妹子們聞得唐僧之名。將他拿了。道士道。你拿他怎的。女子道。我們久聞人說。唐僧乃十世修行的眞體。有人吃他一塊肉。延壽長生。故此拿了他。後被那個長嘴大耳聯的和尚把我們攔在濯垢泉裡。先搶了衣服。後弄本事。強要同我等洗浴。也止他不住。他就跳下水。變作一個鮎魚在我們腿襠裡鑽來鑽去。欲行姦騙之事。果有十分憊懶他又跳出水去。現了本相。見我們不肯相從。他就使一柄九齒釘鈀。要傷我們性命。若不是我們有些見識。幾乎遭他毒手。故此戰兢兢逃生。又着你愚妹與他敵鬬。不知存亡如何。我們特來投兄長。望兄長念昔日同窗之雅。與我今日做個報寃之人。那道士聞此言。却就惱恨。遂變了聲色道。這和尚原來這等無禮。這等憊懶。你們都放心。等我擺佈他。衆女子謝道。師兄如若動手。等我們都來相幫打他道士道不肯打不肯打常言道一打三分低你們都跟我來衆女子相隨左右他入房內取了梯子轉過床後爬上屋梁拿下一個小皮箱兒那箱兒有八寸高下一尺長短四寸寬窄上有一把小銅鎖兒鎖住即於袖中拿出一方鵝黃綾汗巾兒來汗巾鬚上繫着一把小鑰匙兒開了鎖取出一包兒藥來此藥乃是

山中百鳥糞掃積上千斤是用銅鍋煮煎熬少候勻千
斤熬一杓一杓煉三分三分還要炒再煅再重薰製成
此毒藥貴似寶和珍如若嘗他味入口見閻君

道士對七個女子道妹妹我這寶貝若與凡人吃只消一

厘入腹就死若與神仙吃也只消三厘就絕這些和尚只怕也有些道行須得三厘快取等子來內一女子急拿了一把等子道稱出一分二厘分作四分却拿了十二箇紅棗兒將棗掐破些兒挕上一厘分在四隻茶鍾內又將兩箇黑棗兒做一隻茶鍾着一個托盤安了對衆女說等我去問他不是唐朝的便罷若是唐朝來的就教換茶你却將此茶令童兒拿出但吃了個個亡身就與你報了此讐解了煩惱也七女感激不盡那道士換了一件衣服虛禮謙恭走將出去請唐僧等又至客位坐下道老師父莫怪適間去後面分付小徒教他們挑些青菜蘿蔔安排一頓

素齋供養。所以失陪。三藏道。貧僧素手進拜。怎麼敢勞賜齋。道士笑云。你我都是出家人。見山門就有。三升俸糧。何言素手。敢問老師父。是何寶山。到此何幹。三藏道。貧僧乃東土大唐駕下。差往西天大雷音寺取經者。却才路過仙宮。竭誠進拜。道士聞言。滿面生春道。老師乃忠誠大德之佛。小道不知。失於遠候。恕罪恕罪。叫童兒快去換茶來。一廂作速辦齋。那小童走將進去。衆女子招呼他來道。這里有見成好茶。拿出去。那童子果然將五鍾茶拿出。道士連忙雙手。拿一個紅棗兒茶鍾。奉與唐僧。他見八戒身軀大就認做大徒弟。沙僧認做二徒弟。見行者身量小。認做三徒弟所以第四鍾才奉與行者行者眼乖接了茶鍾早已見盤子裡那茶鍾是兩個黑棗兒他道先生我與你穿換（此段也有光景）一杯道士笑道不瞞長老說山野中貧道士茶果一時不備才然在後面親自尋果子止有這十二個紅棗做四鍾茶奉敬小道又不可空陪所以將兩個下色棗兒作一杯奉陪此乃貧道恭敬之意也行者笑道說那里話古人云在家不是貧路貧貧殺人你是住家兒的何以言貧像我們這行脚僧才是真貧哩我和你換換我和你換換三藏聞言道悟空這仙長實乃愛客之意你吃了罷換怎的行者無柰將左手接了右手蓋住看着他們却說那八戒一

則饑二則渴原來是食腸大大的見那鍾子裡有三個紅棗兒拿起來啯的都咽在肚裡師父也吃了沙僧也吃了一霎時只見八戒臉上變色沙僧滿眼流淚唐僧口中吐沫他們都坐不住運倒在地這大聖情知是毒將茶鍾手舉起來望道士劈面一摜道士將袍袖隔起噹的一聲把個鍾子跌得粉碎道士怒道你這和尚十分村魯怎麼把我鍾子碎了行者罵道你這畜生你看我那三個人是怎麼說我與你有甚相干你却將毒藥茶藥倒我的人道士道你這個村畜生撞下禍來你豈不知行者道我們才進你門方敘了坐次道及鄉貫又不曾有個高言那里撞下

甚禍道士道。你可曾在盤絲洞化齋麼。你可曾在濯垢泉洗澡麼。行者道。濯垢泉乃七個女怪。你既說出這話。必定與他苟合。必定也是妖精。不要走。吃我一棒。好大聖。去耳躲裡摸出金箍棒。幌一幌。碗來粗細。望道士劈臉打來。那道士急轉身躲過。取一口寶劍來迎。他兩個廝罵廝打。早驚動那裡邊的女怪。他七個一擁出來。叫道。師兄且莫勞心。待小妹子拿他。行者見了。越生嗔怒。雙手輪鐵棒。丟開解數。滚將進去亂打。只見那七個敞開懷。腆着雪白肚子。臍孔中作出法來。骨都都絲繩亂冒。搭起一個天篷。把行者蓋在底下。行者見事不諧。即變身。念聲呪語。打個觔斗撲的撞破天蓬走了。忍着性氣淤淤的立在空中看處。見那怪絲繩幌亮穿穿道道。却是穿梭的經緯。頃刻間。把黄花觀的樓臺殿閣。都遮得無影無形。行者道。利害利害。早是不曾着他手。怪道豬八戒跌了若干。似這般怎生是好。我師父與師弟。却又中了毒藥。這夥怪合意同心。却不知是個甚來歷。待我還去問那土地神也。好大聖。按落雲頭捻着訣。念聲唵字真言。把箇土地老兒又拘來了。戰兢兢跪下路傍。叩頭道。大聖。你去救你師父的。爲何又轉來也行者道。早間救了師父。前去不遠。遇一座黄花觀。我與師父等進去看看。那觀主迎接。才敘話間。被他把毒藥茶。藥倒我師父等。我幸不曾吃茶。使棒就打他。却說出盤絲洞化齋濯垢泉洗澡之事。我就知那廝是怪。才舉手相敵。只見那七個女子跑出吐放絲繩。老孫虧有見識走了。我想你在此間爲神。定知他的來歷。是個甚麼妖精。老實說來免打。土地叩頭道那妖精。到此住不上十年。小神自三年前檢點之後。方見他的本相。乃是七個蜘蛛精。他吐那些絲繩。乃是蛛絲。行者聞言。十分懽喜道據你說。却是小可既這般你回去等我作法降他也。那土地叩頭而去。行者却到黃花觀外。將尾耙上毛。拔下七十根。吹口仙氣叫變即變做七十個小行者。又將金箍棒。吹口仙氣。叫變。即變做七十個雙角叉兒棒每一個小行者與他一根他自家使一根站在外邊將叉兒攪那絲繩一齊着力打個號子把那絲繩都攪斷各攪了有十餘斤裡面拖出七個蜘蛛足有巴斗大的身軀一個個攢着手脚索着頭只叫饒命饒命此時七十個小行者按住七個蜘蛛那里肯放行者道且不要打他只教還我師父師弟來那怪厲聲高叫道師兄還他唐僧救我命也那道士從裡邊跑出道妹妹我要吃唐僧哩救不得你了行者聞言大怒道你既不還我師父且看你妹妹的樣子好大聖把叉兒棒幌一幌復了一根鐵棒雙手舉起把七個蜘蛛精盡情打爛却似七個

剝肉布袋兒。膿血淋漓。却又將尾耙搖了兩搖。收了毫毛。單身輪棒。趕入裡邊來打道士。那道士見他打死了師妹心甚不忍。即發狠舉劍來迎。這一塲各懷忿怒。一個個大展神通。這一塲好殺。

妖精輪寶劍。大聖舉金箍。都爲唐朝三藏。先教七女嗚呼。如今大展經綸手。施威弄法逞金吾。大聖神光壯。妖仙膽氣粗。渾身解數如花錦。雙手騰那似轆轤。乒乓劍棒响。慘淡野雲浮。劖言語。使機謀。一來一往如畫圖。殺得風响沙飛狼虎怕。天昏地暗斗星無。

那道士與大聖戰經五六十合。漸覺手軟。一時間鬆了觔節便解開衣帶。忽辣的响一聲。脫了皂袍。行者笑道。我兒子打不過人。就脫剝了。也是不能勾的。原來這道士剝了衣服兩手一齊擡起。只見那兩脇下。有一千隻眼。眼中迸放金光。十分利害。

森森黃霧。艷艷金光。森森黃霧。兩邊脇下似噴雲。艷艷金光。千隻眼中如放火。左右却如金桶。東西猶似銅鐘。此乃妖仙施法力。道士顯神通。幌眼迷天遮日月。罩人爆燥氣朦朧。把個齊天孫大聖。困在金光黃霧中。

行者慌了手脚。只在那金光影裡亂轉。向前不能舉步。退後不能動脚。却便似在個桶裡轉的一般。無奈又爆燥不

過他急了往上着實一跳却撞破金光撲的跌了一個倒
栽葱覺道撞的頭疼急伸手摸摸把頂梁皮都撞軟了自
家心焦道晦氣晦氣這顆頭今日也不濟了常時刀砍斧
剁莫能傷損却怎麼被這金光撞軟了皮肉久以後定要
貢膿縱然好了也是個破傷風一會家爆燥難禁却又自
家計較道前去不得後退不得左行不得右行不得往上
又撞不得却怎麼好往下走他娘罷好大聖念個咒語搖
身一變又變做個穿山甲又名鯪鯉鱗眞個是
四隻鐵爪鑽山碎石如撾粉滿身鱗甲破嶺穿岩似切
葱兩眼光明好便似雙星晃亮一嘴尖利勝强似鋼鑽

金錐。藥中有性穿山甲。俗語呼為鱗鯉鱗。你看他硬着頭往地下一鑽。就鑽了有二十餘里方才出頭。原來那金光只罩得十餘里。出來現了本相。力軟觔麻渾身痛疼。止不住眼中流淚。忽失聲叫道。師父呵

當年秉教出山中。共往西來苦用工。大海洪波無恐懼
陽溝之內却遭風。

美猴王正當悲切。忽聽得山背後有人啼哭。即欠身揩了眼淚。回頭觀看。但見一個婦人。身穿重孝。左手托一盞涼漿水飯。右手執幾張燒紙黃錢。從那廂一步一聲哭着走來。行者點頭嗟嘆道。正是流淚眼逢流淚眼。斷腸人遇斷

腸人。這一個婦人。不知所哭何事。待我問他一問。那婦人不一時走上前來。迎着行者。行者躬身問道。女菩薩。你哭的是甚人。婦人噙淚道。我丈夫因與黃花觀觀主買竹竿爭講。被他將毒藥茶藥死。我將陌紙錢燒化。以此報夫婦之情。行者聽言。眼中流淚。那女子見了大怒道。你甚無知。我為丈夫煩惱生悲。你怎麽淚眼愁眉。欺心戲我。行者躬身道。女菩薩息怒。我本是東土大唐欽差御弟唐三藏大徒弟孫悟空行者。因往西天。行過黃花觀歇馬。那觀中道士。不知是個甚麽妖精。他與七個蜘蛛精結為兄妹。蜘蛛精在盤絲洞。要害我師父。是我與師弟八戒沙僧救解得脫。那蜘蛛精。走到他這[illegible]背了是非。說我等有欺騙之意。道士將毒藥茶。藥倒我師父師弟。共三人。連馬四口。陷在他觀裡。惟我不曾吃他茶。將茶鍾摜碎。他就與我相打。正嚷處。那七個蜘蛛精。跑出來吐放絲繩。將我綑住。是我使法力走脫。問及土地。說他來像。我却又使分身法。攪絕絲繩。拖出妖來。一頓棒打死。這道士。卽與他報讐。舉寶劍與我相鬬。鬬經六十回合。他敗了陣。隨脫了衣裳。兩脇下放出千隻眼。有萬道金光。把我罩定。所以進退兩難。才變做一個鱗鯉鱗。從地下鑽出來。正自悲切。忽聽得你哭。故此相問、因見你爲丈夫。有此紙錢報荅。我師父喪身。更無一物相醎所以自怨自悲豈敢相戲那婦女放下水取紙錢對行者陪禮道莫怪莫怪我不知你是被難者才據你說將起來你不認得那道士他本是個百眼魔君又喚做多目怪你既然有此變化脫得金光戰得許久必定有大神通却只是還近不得那厮我教你去請一位聖賢他能破得金光降得道士行者聞言連忙唱喏道女菩薩知此來歷煩爲指教指教果是那位聖賢我去請來救我師父之難就報你丈夫之讐婦人道我就說出來你去請他降了道士只可報讐而巳恐不能救你師父行者道怎不能救婦人道那厮毒藥最狠藥倒人三日之間骨髓俱爛你此

往回恐遲了故不能救行者道我會走路憑他多遠千里消半日女子道你旣會走路聽我說此處到那里有千里之遙那廂有一座山名喚紫雲山山中有個千花洞洞中（○好○洞○名）有位聖賢喚做毘藍婆他能降得此怪行者道那山坐落何方却從何方去女子用手指定道那直南上便是行者回頭看時那女子早不見了行者慌忙禮拜道是那位菩薩我弟子鑽昏了不能相識千乞留名好謝只見那半空中叫道大聖是我行者急擡頭看處原山黎山老姆赶至空中謝道老姆從何來指教我也老姆道我才自龍華會上回來見你師父有難假做孝婦借夫喪之名免他一死

你快去請他。但不可說出是我指教。那聖賢有些多怪人
行者謝了辭別。把觔斗雲一縱。隨到紫雲山上。按定雲頭
就見那千花洞。那洞外。
青松遮勝境。翠柏繞仙居。綠柳盈山道。奇花滿澗渠。香
蘭圍石屋。芳草映巖嵎。流水連溪碧。雲封古樹虛。野禽
聲聒聒。幽鹿步徐徐。修竹枝枝秀。紅梅葉葉舒。寒鴉棲
古樹。春鳥噪高樗。夏麥盈田廣。秋禾遍地餘。四時無葉
落。八節有花如。每生瑞靄連霄漢。常放祥雲接太虛
這大聖喜喜懽懽。走將進去。一程一節。看不盡無邊的景
致。直入裡面。更沒個人兒。靜靜悄悄的。雞犬之聲也無。心

中暗道這聖賢想是不在家了又進數里看時見一個女道姑坐在榻上你看他怎生模樣

頭戴五花納錦帽身穿一領織金袍脚踏雲尖鳳頭履
腰繫攢絲雙穗縧面似秋容霜後老聲如春燕社前嬌
腹中久諳三乘法心上常修四諦饒悟出空空真正果
煉成了了自逍遙正是千花洞裡佛毘藍菩薩姓名高

行者止不住脚近前叫道毘藍婆菩薩問訊了那菩薩即下榻合掌回禮道大聖失迎了你從那裡來的行者道你怎麽就認得我是大聖毘藍婆道你當年大鬧天宮時普地裡傳了你的名頭誰人不知那個不識行者道正是好

再不出門。惡事傳千里。象我如今皈正佛門。你就不曉得了。毘藍道。幾時皈正。恭喜恭喜。行者道。近能脫命。保師父唐僧上西天取經。師父遇黃花觀道士。將毒藥茶藥倒。我與那厮賭鬬。他就放金光罩住我。是我使神通走脫了。聞菩薩能滅他的金光。特來拜請菩薩。菩薩道。是誰與你說的。我自赴了魚藍會。到今三百餘年。不曾出門。我隱姓埋名。更無一人得知。你却怎麼知道。行者道。我是個地裏鬼。不管那里。自家都會訪着。毘藍道。也罷也罷。我本當不去。奈蒙大聖下臨。不可滅了求經之善。我和你去來。行者稱謝了道。我忒無知。擅自催促。但不知曾帶甚麼兵器。菩薩道。我有個綉花針兒能破那廝行者忍不住道老姆悞了我早知是綉花針不須勞你就問老孫要一担也是有的毘藍道你那綉花針無非是鋼鐵金針用不得我這寶貝非鋼非鐵非金乃我小兒日眼裡煉成的行者道令郎是誰毘藍道小兒乃日昴星官行者驚駭不已早望見金光艷艷即回向毘藍道金光處便是黃花觀也毘藍隨於衣領裡取出一個綉花針似眉毛粗細有五六分長短拈在手望空拋去少時間响一聲破了金光行者喜道菩薩妙哉妙哉尋針尋針毘藍托在手掌內道這不是行者却同按下雲頭走入觀裡只見那道士合了眼不能舉步行者罵道

你這潑怪。粧聵子哩。耳聯裡。摸出棒來就打。毘藍扯住道。
大聖莫打。且看你師父去。行者徑至後面客位裡看時。他
三人都睡在地上。吐痰吐沫哩。行者垂淚道。却怎麼好。却
怎麼好。毘藍道。大聖休悲也。是我今日出門一場。索性積
個陰德。我這里有解毒丹。送你三丸。行者轉身拜求。那菩
薩袖中取出一個破紙包兒。內將三粒紅丸子。遞與行者。
教□入口裡。行者把藥扳開他每牙關。每人揌了一丸。須
臾藥味入腹。便就一齊嘔噦。遂吐出毒味。得了性命。那八
戒先爬起道。悶殺我也。三藏沙僧俱醒了道。好暈也。行者
道。你們那茶裡中了毒了。虧這毘藍菩薩搭救。快都來拜

謝。三藏欠身整衣謝了。八戒道。師兄那道士在那里。等我問他一問。爲何這般害我。行者把蜘蛛精上項事。說了一遍。八戒發狠道。這廝旣與蜘蛛爲姊妹。定是妖精。行者指道。他在那殿外立定。裝瞎子哩。八戒拿鈀就築。又被毘藍止住道。天蓬息怒、大聖知我洞裡無人。待我收他去看守門戶也。行者道。敢蒙大德。豈不奉承。但只是教他現本像。我們看看。毘藍道。容易。即上前用手一指。那道士撲的倒在塵埃。現了原身。乃是一條七尺長短的大蜈蚣精。毘藍使小指頭挑起。駕祥雲。徑轉千花洞去。八戒打仰道。這媽媽兒。却也利害。怎麼就降這般惡物。行者笑道。我問他有甚兵器破他金光他道有個綉花針兒是他兒子在日昴裡煉的及問他令郎是誰他道是昴日星官我想昴日星是隻公雞這老姆姆必定是個母雞雞最能降蜈蚣所以能收伏也三藏聞言頂禮不盡教徒弟們收拾去罷那沙僧即在裡面尋了些米糧安排了些齋具飽飡一頓牽馬挑擔請師父出門行者從他廚中放了一把火把一座觀宇霎時燒得煨燼却拽步長行正是

唐僧得命感毘藍　了性消除多目怪

畢竟向前去還有甚麼事體且聽下回分解

總批

蜈蚣前號百眼魔君，後來却成瞎子，使盡聰明到底成個大呆子也。此喻最妙。〇七個大蜘蛛，一條老蜈蚣，人以爲怪矣毒矣，豈知不過是你妄心別號，切不可看在外邊也

第七十四回

長庚傳報魔頭狠　行者施爲變化能

情慾原因總一般。有情有慾自如然。沙門修煉紛紛士。斷慾忘情卽是禪。須着意。要心堅。一塵不染月當天。行功進步休教錯。行滿功完大覺仙。

話表三藏師徒們。打開慾網。跳出情牢。放馬西行。走不多時。又是夏盡秋初。新凉透體。但見那

急雨收殘暑。梧桐一葉驚。螢飛莎徑晚。蛩語月華明。黃葵開映露。紅蓼遍沙汀。蒲柳先零落。寒蟬應律鳴。

三藏正然行處。忽見一座高山。峰插碧空。眞個是摩星礙

日長老心中害怕叫悟空道你看前面這山十分高聳但不知有路通行否行者笑道師父說那里話自古道山高自有客行路水深自有渡船人豈無通達之理可放心前去長老聞言喜笑花生揚鞭策馬而進徑上高岩行不數里見一老者鬢蓬鬆白髮飄搔鬍鬚稀朗銀絲擺動項掛一串數珠子手持拐杖現龍頭遠遠的立在那山坡上高呼西進的長老且暫住驊騮緊兜玉勒這山上有一夥妖魔吃盡了閻浮世上人不可前進三藏聞言大驚失色一是馬的足下不平二是坐個雕鞍不穩撲的跌下馬來掙挫不動睡在草裏哼哩行者近前攙起道莫怕莫怕有我哩

長老道你聽那高岩上老者報道這山上有夥妖魔吃盡閻浮世上人誰敢去問他一箇真實端的行者道你且坐地等我去問他三藏道你的相貌醜陋言語粗俗怕衝撞了他問不出箇實信行者笑道我變箇俊些兒的去問他三藏道你是變了我看好大聖捻着訣搖身一變變做箇乾乾淨淨的小和尚兒真箇是目秀眉清頭圓臉正行動有斯文之氣象開口無俗類之言辭抖一抖錦衣直裰拽步上前向唐僧道師父我可變得好麽三藏見了大喜道變得好八戒道怎麽不好只是把我們都比下去了老猪就滚上二三年也變不得這等俊俏好大聖躲離了他們

徑直近前、對那老者躬身道、老公公、貧僧問訊了、那老兒見他生得俊雅、年少身輕、待荅不荅的、還了他箇禮、用手摸着他頭兒、笑嘻嘻問道、小和尚、你是那里來的、行者道、我們是東土大唐來的、特上西天拜佛求經、適到此間、聞得公公報道有妖怪、我師父膽小怕懼、着我來問一聲、端的是甚妖精、他敢這般短路、煩公公細說與我知之、我好把他貶解起身、那老兒咲道、你這小和尚年幼、不知好歹、言不幇襯、那妖魔神通廣大得緊、怎敢就說貶解他起身、行者咲道、據你之言、似有護他之意、必定與他有親、或是緊鄰契友、不然、怎麼長他的威智、興他的節槩、不肯傾心吐膽說他箇來歷。公公點頭笑道這和尚到會弄嘴（如今和尚那個不會弄嘴）想是跟你師父遊方。到處兒學些法術。或者會驅縛魍魎與人家鎮宅降邪。你不曾撞見十分狠姪哩。行者道怎的狠。公公道那妖精一封書到靈山。五百阿羅都來迎接。一紙簡上天公。十一大曜箇箇相欽。四海龍曾與他爲友。八洞仙常與他作會。十地閻君以兄弟相稱。社令城隍以賓朋相愛。大聖聞言。忍不住呵呵大笑。用手扯着老者道不要說不要說那妖精與我後生小廝爲兄弟朋友。也不見十分高作。若知是我小和尚來呵他連夜就搬起身去了。公公道你這小和尚胡說不當人子。那箇神聖是你的後生小斷行者笑道實不瞞你說我小和尚祖居傲來國花果山水簾洞姓孫名悟空當年也曾做過妖精幹過大事曾因會衆魔多飲了幾杯酒睡着夢中見二人將批勾我去到陰司一時怒發將金箍棒打傷鬼判諕倒閻王幾乎掀翻了森羅殿諕得那掌案的判官拿紙十閻王僉名畫字教我饒他打情愿與我做後生小廝那公公聞說道阿彌陀佛這和尚說了這過頭話莫想再長得大了行者道官兒似我這般大也勾了公公道你年幾歲了行者道你猜猜看老者道有七八歲罷了行者笑道有一萬箇七八歲我把舊嘴臉拿出來你看看你即莫怪公公道怎麼又有箇嘴

會說夢話

臉行者道不瞞你說我小和尚有七十二副嘴臉哩（如今和尚嘴臉更多）那公公不識竅只管問他他就把臉抹一抹即見出本像呲牙倸嘴兩股通紅腰間繫一條虎皮裙手裏執一根金箍棒立在石崖之下就像箇活雷公那老者見了嚇得面容失色腿脚酸麻站不穩撲的一跌爬起來又一箇蹡踵大聖上前道老官兒不要虛驚我等面惡人善莫怕莫怕適間蒙你好意報有妖魔委的有多少妖一發累你說說我好謝你那老兒戰戰兢兢口不能言又推耳聾一句不應行者見他不言即抽身回坡長老道悟空你來了所問如何行者笑道不打緊不打緊西天有便有箇把妖精兒只是

這里人膽小把他放在心上沒事沒事有我哩長老道你可曾問他此處是甚麼山甚麼洞有多少妖怪那條路通得雷音八戒道師父莫怪我說若論賭變化使促掐捉弄人我們三五箇也不如師兄若論老實相師兄就擺一隊伍也不如我唐僧道正是正是你還老實八戒道他不知怎麼鑽過頭不顧尾的開了兩聲不醃不驗的就跑回來了等老猪去問他箇實信來唐僧道悟能你仔細着好歎子把釘鈀撒在腰裏整一整皁直裰扭扭揑揑奔上山坡對老者叫道公公唱喏了那老兒見行者去了拄着杖掙得起來戰戰兢兢的要走忽見八戒愈覺驚怕道爺爺

呀今夜做的甚麼惡夢遇着這夥惡人爲先的那和尚醜
便醜還有三分人相這箇和尚怎麼這等箇碓梃嘴蒲扇
耳躲鐵片臉鬃毛頸項一分人氣兒也沒有了八戒笑道
如今沒人氣遍地多
你這老公公不高興有些兒好褒貶人你是怎的看我哩
醜便醜奈看再停一時就俊了那老者見他說出人話來
只得開言問他你是那里來的八戒道我是唐僧第二箇
徒弟法名叫做悟能八戒才自先問的叫做悟空行者是
我師兄師父怪他冲撞了公公不曾問得實信所以特着
我來拜問此處果是甚山甚洞洞裏果是甚妖精那里是
西去大路煩尊一指示指示老者道可老實麼八戒道我

生平不敢有一毫虛的老者道你莫相才來的那個和尚走花弄水的胡纏八戒道我不像他公公拄着杖對八戒說此山叫做八百里獅駝嶺中間有座獅駝洞洞裏有三箇魔頭八戒啐了一聲你這老兒却也多心三箇妖魔也費心勞力的來報遭信公公道你不怕麽八戒道不瞞你說這三箇妖麽我師兄一棍就打死一個我一鈀就築死一箇我還有箇師弟他一降妖杖又打死一個三個都打死我師父就過去了有何難哉那老者笑道這和尚不知深淺那三箇魔頭神通廣大得緊哩他手下小妖南嶺上有五千北嶺上有五千東路口有一萬西路口有一萬巡

哨的有四五千把門的也有一萬燒火的無數打柴的也無數其計筭有四萬七八千這都是有名字帶牌兒的專在此吃人那獃子聞得此言戰兢兢跑將轉來相近唐僧且不回話放下鈀在那里出恭行者見了喝道你不回話却蹲在那里怎的八戒道諕出屎來了如今也不消說趕早兒各自顧命去罷行者道這個獃根我問信偏不驚恐你去問就這等慌張失智長老道端的何如八戒道這老兒說此山叫做八百里獅駝山中間有座獅駝洞洞裏有三個老妖有四萬八千小妖專在那里吃人我們若躧着他些山邊兒就是他口裏食了莫想去得三藏聞言戰兢

兢毛骨悚然道悟空如何是好行者笑道師父放心沒大
事想是這里有便有幾個妖精只是這里人膽小把他就
說出許多人許多大所以自驚自怪有我哩八戒道哥哥
說的是那里話我比你不同我問的是實決無虛謬之言
滿山滿谷都是妖魔怎生前進行者笑道獃子嘴臉不要
虛驚若論滿山滿谷之魔只消老孫一路棒半夜打箇罄
盡八戒道不羞不羞莫說大話那些妖精點卯也得七八
日怎麼就打得罄盡行者道你說怎樣打八戒道憑你抓
倒綑倒使定身法定倒也沒有這等快的行者笑道不用
甚麼抓拿綑縛我把這棍子兩頭一扯叫長就有四十丈

長短幌一幌叫粗就有八丈圍圓粗細往山南一滾滾殺五千山北一滾滾殺五千從東往西一滾只怕四五萬砑做肉泥爛醬八戒道哥哥若是這等趕麵扸或者二更時也都了了沙僧在傍笑道師父有大師兄恁樣神通怕他怎的請上馬走阿唐僧見他們講論手段沒奈何只得寬心上馬而走正行間不見了那報信的老者沙僧道他就是妖怪故意狐假虎威的來傳報恐諕我們哩行者道不要忙等我去看看好大聖跳上高峰四顧無跡急轉面見半空中有彩霞幌亮卽縱雲赶上看時乃是太白金星走到身邊用手扯住口口聲聲只叫他的小名道李長庚李

長庚你好不賴有甚話當面來講便好怎麼粧做個山林之老模樣混我金星慌忙施禮道大聖報信來遲乞勿罪信勿罪這魔頭果是神通廣大勢要崢嶸只看你那移變化乖巧機謀可便過去如若怠慢些兒其實難去行者謝道感激感激果然此處難行望老星上界與玉帝說聲借些天兵幫助老孫幫助金星道有有有你只口信帶去就是十萬天兵也是有的大聖別了金星按落雲頭見了三藏道適才那個老兒原是太白星來與我們報信的長老合掌道徒弟快趕上他問他那里另有個路我們轉了去罷行者道轉不得此山徑過有八百里四周圍不知更有

多少路哩。怎麽轉得。三藏聞言。止不住眼中流淚道。徒弟似此艱難。怎生拜佛。行者道。莫哭莫哭。一哭便膿包行了。他這報信。必有幾分虛話。只是要我們着意留心。誠所謂以告者過也。你且下馬來坐着。八戒道。又有甚商議行者道。沒甚商議。你且在這里。用心保守師父。沙僧好生看守行李馬匹。等老孫先上嶺。打聽打聽。看前後共有多少妖姪。拿住一個。問他個詳細。教他寫個執結。開個花名。把他老老小小。一一查明。分付他關了洞門。不許隘路。知請師父靜靜悄悄的過去。方顯得老孫手段。沙僧只教仔細仔細。行者笑道。不消囑付。我這一去。就是東洋大海也湯開路就是鐵裏德山。也撞透門。好大聖。吻哨一聲。縱觔斗雲跳上高峰。扳藤負葛。平山觀看。那山裏靜悄無人。忽失聲道。錯了錯了。不該放這金星老兒去了。他原來恐諕我。這裏那有個甚麼妖精。他就出來跳風頑耍。必定拈鎗弄棒。操演武藝。如何沒有一個。正自家揣度。只聽得山背後。叮叮噹噹。辟辟剝剝。梆鈴之聲。急回頭看處。原來是個小妖兒。掮着一桿令字旗。腰間懸着鈴子。手裏敲着梆子。從北向南而走。仔細看他。有一丈二尺的身子。行者暗笑道。他必是個鋪兵。想是送公文下報帖的。且等我去聽他一聽。看他說些甚話。好大聖。捻着訣。念個咒。搖身一變。變做的蒼蠅兒輕輕飛在他帽子上。側耳聽之。只見那小妖。走上大路。敲着梆。搖着鈴。口裏作念道。我等尋山的各人要謹慎隄防孫行者他會變蒼蠅行者聞言。暗自驚疑道。這廝看見我了。若未看見。怎麽就知我的名字。又知我會變蒼蠅。原來那小妖。也不曾見他。只是那魔頭。不知怎麽就分付他這話。却是個謠言。着他這等胡念。行者不知。反疑他看見。就要取出棒來打他。却又停住。暗想道。曾記得八戒問金星時。他說老妖三個。小妖有四萬七八千名。似這小妖。再多幾萬。也不打緊。却不知這三個老魔有多大手段等我問他一問。動手不遲。好大聖。你道他怎麽去問。跳下他的帽子，來釘在樹頭上，讓那小妖先行幾步，急轉身騰那，也變做個小妖兒，照依他敲着梆，搖着鈴，揹着旗，一般衣服，只是比他略長了三五寸，口裏也那般念着，赶上前叫道，走路的，等我一等，那小妖回頭道，你是那里來的，行者笑道，好人呀，一家人也不認得，小妖道，我家沒你呀，行者道，怎的沒我，你認認看，小妖道，面生，認不得，認不得，行者道，可知道面生，我是燒火的，你會得我少，小妖精頭道，沒有沒有，我洞裏就是燒火的那些兒弟，也沒有這箇嘴尖的，行者暗想道，這個嘴好的，變尖了些了，卽低頭把手侮着嘴，揉一揉道，我的嘴不尖阿，眞箇就不尖了，那小妖道你剛才是個尖嘴怎麽揉一揉就不尖了疑惑人子大不好認不是我一家的少會少會可疑可疑我那大王家法甚嚴燒火的只管燒火巡山的只管巡山終不然教你燒火又教你來巡山行者口乖就趁過來道你不知道大王見我燒得火好就壓我來巡山小妖道也罷我們這巡山的一班有四十名十班共四百名各自年貌各自名色大王怕我們亂了班次不好點卯一家與我們一個牌兒爲號你可有牌兒行者只見他那般打扮那般報事遂照他的模樣變了因不曾看見他的牌兒所以身上沒有好大聖更不說沒有就滿口應承道我怎麽沒牌位只是剛

才領的新牌拿你的出來我看那小妖那里知這個機括即揭起衣服貼身帶着個金漆牌兒穿條絨線繩兒扯與行者看看行者見那牌背是個威鎮諸魔的金牌正面有三個真字是小鑽風他却心中暗想道不消說（乖猴）了但是巡山的必有個風字墜脚便道你且放下衣走過等我拿牌見你看即轉身挿下手將尾把稍兒的小毫毛扳下一根捻他把叫變即變做個金漆牌兒也穿上個綠絨繩兒上書三個真字乃總鑽風拿出來遞與他看了小妖大驚道我們都叫做個小鑽風偏你又叫做個甚麼總鑽風行者幹事我絕說話合宜就道你實不知大王見我燒得火好

把我陞個巡風又與我個新牌叫做總巡風教我管你這一班四十名兄弟也那妖聞言即忙唱惹道長官長官新點出來的實是面生言語冲撞莫怪行者還着禮笑道怪便不怪你只是一件見面錢却要哩每人拿出五兩來罷小妖道長官不要忙待我向南嶺頭會了我這一班的人一總打發罷行者道既如此我和你同去那小妖真個前走大聖隨後相跟不數里忽見一座筆峰何以謂之筆峰那山頭上長出一條峰來約有四五丈高如筆插在架上一般故以為名行者到邊前把尾耙搊一搊跳上去坐在峰尖兒上叫道鑽風都過來那這小鑽風在下面躬身道

長官伺候行者道你可知大王點我出來之故小妖道不知行者道大王要吃唐僧只怕孫行者神通廣大說他會變化只恐他變作小鑽風（猴）來造里躧着路徑打探消息把我陞作總鑽風來查勘你們這一班可有假的小鑽風連聲應道長官我們俱是真的行者道你既是真的（妙猴妙猴狙智雙）大王有甚本事（絕）你可曉得小鑽風道我曉得行者道你曉得快說來我聽如若說得合着我便是真的若說差了一些兒便是假的我定拿去（妙妙）見大王處治那小鑽風見他坐在高處弄獐弄智呼呼喝喝的沒奈何只得實說道我大王神通廣大本事高強一口曾吞了十萬天兵行者聞說吐出三

聲道你是假的小鑽風慌了道長官老爺我是真的怎麼就是假的行者道你既是真的如何胡說大王身子能有多大一口就吞了十萬天兵小鑽風道長官原來不知我大王會變化要大能撑天堂要小就如菜子因那年王母娘娘設蟠桃大會邀請諸仙他不曾具柬來請我大王意欲爭天被玉皇差十萬天兵來降我大王是我大王變化（此樣口令把上極多）法身張開大口似城門一般用力吞將去諕得衆天兵不敢交鋒關了南天門故此是一口曾吞十萬兵行者聞言暗笑道若是講手頭之話老孫也曾幹過又應聲道二大王有何本事小鑽風道二大王身高三丈臥蠶眉丹鳳眼

美人身匾担牙鼻似蛟龍若與人爭鬬只消一鼻子捲去
就是鐵背銅身也就魂亡魄喪行者道鼻子捲人的妖精
也好拿又應聲道三大王也有許多手段小鑽風道我三
大王不是凡間之怪物名號雲程萬里鵬行動時摶風運
海振北圖南隨身有一件兒寶貝喚做陰陽二氣瓶假若
是把人裝在瓶中一時三刻化為漿水行者聽說心中暗
驚道妖魔倒也不怕只是仔細防他瓶兒又應聲道三個
妙妙
大王的本事你倒也說得不差與我知道的一般但只是
那個大王要吃唐僧哩小鑽風道長官你不知道行者喝
道我比你不知些兒因恐汝等不知底細分付我來着實

盤問你哩小鑽風道我大大王與二大王久住在獅駝嶺獅駝洞三大王不在這里住他原住處離此西下有四百里遠近那廂有座城喚做獅駝國他五百年前吃了這城國王及文武官僚滿城大小男女也盡被他吃了乾淨因此上奪了他的江山如今盡是些妖怪不知那一年打聽得東土唐朝差一個僧人去西天取經說那唐僧乃十世修行的好人有人吃他一塊肉就延壽長生不老只因怕他一個徒弟孫行者十分利害自家一個難爲徑來此處與我這兩個大王結爲兄弟合意同心打夥兒捉那個唐僧也行者聞言心中大怒道這潑魔十分無禮我保唐僧

成正果他怎麽筭計要吃我的人恨一聲咬响鍋牙掣出
鐵棒跳下高峰把棍子望小妖頭上砑了一砑可憐就砑
得像一個肉陀自家見了又不忍道咦他倒是個好意把
些家常話兒都與我說了我怎麽却這一下子就結果了
他也罷也罷左右是左右好大聖只爲師父阻路沒奈何
幹出這件事來就把他牌兒解下帶在自家腰裏將令字
旗揹在背上腰間掛了鈴手裏敲着梆子迎風捻個訣口
裏念個咒語摇身一變變的就像小鑽風模樣拽回步徑
轉舊路找尋洞府去打探那三個老妖魔的虚實這正是
千般變化美猴王萬樣騰那眞本事闖入深山依着舊路

正是走處，忽聽得人喊馬嘶之聲，即舉目觀之，原來是獅駝洞口，有萬數小妖，排列着鎗刀劍戟，旗幟旌旄，這大聖心中暗喜道，李長庚之言，真是不妄，真是不妄，原來這擺列的有些路數，二百五十名作一大隊伍，他只見有四十名雜彩長旗，盈風亂舞，就知有萬名人馬，却又自揣自度道，老孫變作小鑽風，這一進去，那老魔若問我巡山的話，我必隨機答應，倘或一時言語差訛，認得我呵，怎生脫體，就要往外跑時，那夥把門的攔住，如何出得門去，要拿洞裏妖王，必先除了門前眾姪，你道他怎麼除得眾姪，好大聖，想着那老魔不會與我會面，就知我老孫的名頭，我且倚着我的這個名頭。仗着威風。說些大話。嚇他一嚇。看果然中土眾僧有緣有分。取得經回。這一去只消我幾句英雄之言。就嚇退那門前若干之妖。假若眾僧無緣無分。取不得真經呵。就是總然說得蓮花現。也除不得西方洞外精。心問口。口問心。思量此計。敲着梆。搖着鈴。徑直闖到獅駝洞口。早被前管上小妖攔住道。小鑽風來了。行者不應。低着頭就走。走至二層營裏。又被小妖扯住道。小鑽風來了。行者道。來了。眾妖道。你今早巡風去。可曾撞見甚麼孫行者麼。行者道。撞見的。正在那里磨甚子哩。眾妖害怕道。他怎麼個模樣。磨甚麼扛子。行者道。他蹲在那澗邊。還似個開路神若站起來好道有十數丈長手裏拿着一條鐵棒就似碗來粗細的一根大扛子在那石崖上抄一把水磨一磨口裡又念着扣子呵這一向不曾拿你出來顯顯神通這一去就有十萬妖精也都替我打死等我殺了那三個魔頭祭你他要磨得明了先打死你們前一萬精哩那些小妖聞得此言一個個心驚膽戰魂散魄飛行者又道列位那唐僧的肉也不多幾斤也分不到我處我們替他頂這個缸怎的不如我們各自散一散罷衆妖都道說得是我們各自顧命去罷假若是些軍民人等服了聖化就死也不敢走原來此輩都是些狼虫虎豹走獸飛禽嗚

的一聲，都閧然而去了，這個倒不像孫大聖幾句鋪頭話，却就如楚歌聲，吹散了八千兵，行者暗自喜道，好了，老妖是死了，聞名就走，怎敢覿面相逢，這進去還似此言，方好，若說差了，才這夥小妖，有一兩個倒走進去聽見，却不走了風汛，你看他

存心來古洞　使膽入深門

畢竟不知見那個老魔頭有甚吉凶，且聽下回分解。

總批

劈頭打開慾網，跳出情牢八箇字極妙，可惜世人自投慾網，占住情牢耳。

第七十五回

心猿鑽透陰陽竅　魔王還歸大道眞

却說孫大聖進於洞口兩邊觀看只見骷髏若嶺骸骨如林人頭髮躧成氈片人皮膚爛作泥塵人筋纏在樹上乾焦幌亮如銀眞個是尸山血海果然腥臭難聞東邊小妖將活人拏了剮肉西下潑魔把人肉鮮煮鮮烹若不美猴王如此英雄膽第二個凡夫也進不得他門

不多時行入二層門裡看時呀這里却比外面不同清奇幽雅秀麗寬平左右有瑶草仙花前後有喬松翠竹一行

七八里遠近，才到三層門，悶着身，偷着眼，看處，那上面高坐三個老妖，十分獰惡，中間的那個生得，

鑿牙鋸齒，圓頭方面，聲吼若雷，眼光如電，仰鼻朝天，赤眉飄焰，但行處百獸心慌，若坐下群魔膽戰，這一個是獸中王，青毛獅子怪，

左手下那個生得

鳳目金睛，黃牙粗腿，長鼻銀毛，看頭似尾，圓額皺眉，身軀磊磊，細聲如窈窕佳人，玉面似牛頭惡鬼，這一人是藏齒修身多年的黃牙老象，

右手下那一個生得，

金翅鯤頭，星睛豹眼，振北圖南，剛强勇敢，變生鶤翔鷃笑龍慘，摶風翮百鳥藏頭，舒利爪諸禽喪膽，這個是雲程九萬的大鵬鵰

那兩下列着有百十大小頭目，一個個全裝披掛，介冑整齊，威風凜凜，殺氣騰騰，行者見了，心中懽喜，一些兒不怕，大踏步徑直進門，把梆鈴卸下，朝上叫聲大王，三個老魔笑呵呵問道，小鑽風，你來了，行者應聲道，來了，你去巡山打聽孫行者的下落何如，行者道，大王在上，我也不敢說起，老魔道，怎麽不敢說，行者道，我奉大王命，敲着梆鈴，正然走處，猛擡頭只看見一個人，蹲在那里磨杠子，還像個

開路神若跕將起來足有十數丈長短他就着那澗崖石上抄一把水磨一磨口裡又念一聲說他那杠子到此還不曾顯個神通他要磨明就來打大王我因此知他是孫行者特來報知那老魔聞此言渾身是汗諕得戰呵呵的道兄弟我說莫惹唐僧他徒弟神通廣大預先作了准備磨棍打我們却怎生是好教小的們把洞外大小俱叫進來關倒門讓他過去罷那頭目中有知道的報大王門外小妖已都散了老魔道怎麼都散了想是聞得風聲不好也快早關門快早關門衆妖乒乓把前後門盡皆牢拴緊閉行者自心驚道這一關了門他再問我家裡長短的事

我對不來却不弄走了風被他拿住且再誆他一誆教他
開着門好跑又上前道大王他還說得不好老妖道他又
說甚麼行者道他說拿大大王剝皮二大王剮骨三大王
抽筋你門若關了門不出去呵他會變化一時變了個蒼
蠅兒自門縫裏飛進把我們都拿出去却怎生是好老魔
道兄弟每仔細我這洞裡遞年家沒個蒼蠅但是有蒼蠅
進來就是孫行者行者暗笑道就變個蒼蠅誆他一誆好
開門大聖閃在傍邊伸手去腦後拔了一根毫毛吹一口
仙氣叫變即變做一個金蒼蠅飛去望老魔劈臉撞了一
頭那老怪慌了道兄弟不停當舊話兒進門來了驚得那

大小羣妖，一個個丫鈀掃箒都上前亂撲蒼蠅，這大聖忍不住欷欷的笑出聲來，乾淨他不宜笑，這一笑笑出原嘴臉來了，却被那第三個老妖魔，跳上前一把扯住道哥哥，險些兒被他瞞了，老魔道賢弟誰瞞誰，三怪道剛才這箇回話的小妖，不是小鑽風，他就是孫行者，必定撞見鑽風，不知是他怎麼打殺了，却變化來哄我們哩，行者慌了道他認得我了，即把手摸摸，對老怪道，我怎麼是孫行者，我是小鑽風，大王錯認了，老魔笑道兄弟他是小鑽風，他一日三次在面前點卯，我認得他，又問你有牌兒麼，行者道，有擄着衣服就拿出牌子，老怪一發認實道，兄弟莫屈了，他，三怪道哥哥，你不曾看見他，他才子閃着身笑了一聲，我見他就露出箇雷公嘴來，見我扯住時，他又變作個這等模樣，叫小的們拿繩來，衆頭目即取繩索，三怪把行者扳翻倒，四馬攢蹄捆住，揭起衣裳看時，足足是箇弼馬溫，原來行者有七十二般變化，若是變飛禽走獸花木器皿昆虫之類，却就連身子滚去了，但變人物，却只是頭臉變了，身子變不過來，果然一身黃毛，兩塊紅股，一條尾耙，老妖看着道是孫行者的身子，小鑽風的臉皮，是他了，教小的們先安排酒來，與你三大王遞個得功之杯，既拿倒了孫行者，唐僧坐定是我們口裡食也，三怪道，且不要吃酒，孫行者溜撒他會逃遁之法只怕走了教小的們擡出瓶來把孫行者裝在瓶裡我們才好吃酒老魔大笑道正是正是即點三十六個小妖入裡面開了庫房門擡出瓶來你說那瓶有多大只得二尺四寸高怎麼用得三十六個人擡那瓶乃陰陽二氣之寶內有七寶八卦二十四氣要三十六人按天罡之數才擡得動不一時將寶瓶擡出放在三層門外展得乾淨揭開蓋把行者解了繩索剝了衣服就着那瓶中仙氣搜的一聲吸入裏面將蓋子蓋上貼了封皮却去吃酒道猴兒今番入我寶瓶之中再莫想那西方之路若還能勾拜佛求經除是轉背搖車再去投胎

奪舍是你看那大小群妖一個個笑呵呵都夫賀功不題
却說大聖到了瓶中被那寶貝將身束得小了索性變化
蹲在當中半晌到還陰凉忽失聲笑道這妖精外有虛名
內無實事怎麼告誦人說這瓶裝了人一時三刻化爲膿
血若是這般凉快就住上七八年也無事咦大聖原來不
知那寶貝根由假若裝了人一年不語一年陰凉但聞得
人言就有火來燒了大聖未曾說話只見滿瓶都是火焰
幸得他有本事坐在中間捻着避火訣坐在中間全然不
懼耐到半個時辰四周圍鑽出四十條蛇來咬行者輪開
手抓將過來儘力氣一掐掐做八十段少時間又有三條

火龍出來把行者上下盤遶着實難禁自覺慌張無措道
別事好處這三條火龍難爲再過一會不出弄得火氣攻
心怎了他想道我把身子長一長務彼罷好大聖捻着訣
念聲呪叫長即長了丈數高下那瓶緊靠着身也就長起
去他把身子往下一小那瓶兒也就小下來了行者心驚
道難難難怎麼我長他也長我小他也小如之奈何說不
了孤拐上有些疼痛急伸手摸摸却被火燒軟了自己心
焦道怎麼好孤拐燒軟了弄做個殘疾之人了忍不住吊
下淚來這正是遭魔遇苦懷三藏着難臨危慮聖僧道師
父阿當年歸正蒙觀音菩薩勸善脫離天災我與你苦歷

諸山收多怪降八戒得沙僧千辛萬苦指望同證西方共果正道何期今日遭此毒魔老孫悮入於此傾了性命撇你在半山之中不能前進想是我昔日名兒故有今朝（着眼）之難正在悽愴忽想起菩薩當年在蛇盤山曾賜我三根（虛名極能取實禍）救命毫毛不知有無且等我尋一尋看即伸手渾身摸了一把只見腦後有三根毫毛十分挺硬忽喜道身上毛都皆軟熟只此三根如此硬鎗必然是救我命的即便咬着牙忍着疼拔下毛吹口仙氣叫變一根即變作金鋼鑽一根變作竹片一根變作綿繩扳張篾片弓兒牵着那鑽照瓶底下搜搜的一頓鑽鑽成一個眼孔透進光亮喜道造

他造化。却好出去也。才變化出身。那瓶復陰凉了。怎麽就凉。原來被他鑽破把陰陽之氣泄了。故此便凉。好大聖。收了毫毛。將身一小。就變做個蟭蟟虫兒。十分輕巧。細如鬚髮長似眉毛。自孔中鑽出且還不走。徑飛在老魔頭上釘着。那老魔正飲酒。猛然放下杯兒道。三弟。孫行者這回化了麽。三魔笑道還到此時哩。老魔教傳令擡上瓶來。那下面三十六個小妖。即便擡瓶。瓶就輕了許多。慌得衆小妖報道大王瓶輕了。老魔喝道。胡說寶貝乃陰陽二氣之全功。如何輕了。內中有一個勉强的小妖。把瓶提上來道。你看。這不輕了。老魔揭蓋看時。只見裡面透亮。忍不住失聲叫道這瓶裡空者控也大聖在他頭上也忍不住道一聲我的兒阿踱者走也衆怪聽見道走了走了即傳令關門關門那行者將身一抖收了剝去的衣服現本相跳出洞外回頭罵道妖精不要無禮瓶子鑽破裝不得人了只好拿來出恭喜喜懽懽嚷嚷鬧鬧蹌着雲頭徑轉唐僧處那長老正在那里撮土爲香望空禱祝行者且停雲頭聽他禱祝甚的那長老合掌朝天道

祈請雲霞衆位仙六丁六甲與諸天願保賢徒孫行者

神通廣大法無邊

大聖聽得這般言語更加努力收斂雲光近前叫道師父

我來了長老攙住道悟空勞碌你遠探高山許久不回我甚憂慮端的這山中有何吉凶行者笑道師父才這一去一則是東土衆生有緣有分二來是師父功德無量無邊三也虧弟子法力將前項粧鑽風陷瓶裡及脫身之事細陳了一遍今得見尊師之面實爲兩世之人也長老感謝不盡道你這番不曾與妖精賭鬭麼行者道不曾長老道這等保不得我過山了行者是個好勝的人叫喊道我怎麼保你過山不得長老道不曾與他見個勝負只這般含糊我怎敢前進大聖笑道師父你也忒不通變常言道單絲不線孤掌難鳴那魔三個小妖千萬數老孫一人怎生

與他賭鬪長老道寡不敵衆是你一人也難處八戒沙僧他也都有本事教他們都去與你協力同心掃淨山路保我過去罷行者沉吟道師言最當着沙僧保護你着八戒跟我去罷那獃子慌了道哥哥沒眼色我又粗夯無甚本事走路扛風跟你何益行者道兄弟你雖無甚本事好道也是個人俗云放屁添風你也可壯我些膽氣八戒道也罷也罷望你帶挈帶挈但只急溜處莫捉弄我長老道八戒在意我與沙僧在此那獃子抖擻神威與行者縱着狂風駕着雲霧跳上高山即至洞口早見那洞門緊閉四顧無人行者上前執鐵棒厲聲高叫道妖怪開門快出來與

老孫打耶那洞裡小妖報入老魔心驚胆戰道幾年都說猴兒狠話不虛傳果是真二老怪襯在傍邊問道哥哥怎麼說老魔道那行者早間變小鑽風混進來我等不能相識幸三賢弟認得把他裝在瓶裡又弄本事鑽破瓶兒却又攝去衣服走了如今在外叫戰誰敢與他打個頭仗更無一人答應又問又無人答都是那粧聾推啞老魔發怒道我等在西方大路上忝着個醜名今日孫行者這般欺視若不出去與他見陣也低了名頭等我捨了這老性命去與他戰上三合三合戰得過唐僧還是我們口裡食戰不過那時關了門讓他過去罷遂取披掛結束了開門前

走行者與八戒在門傍觀看，真是好一個怪物，
鐵額銅頭戴寶盔，盔纓飄舞甚光輝，輝輝掣電雙睛亮，
亮亮鋪霞兩鬢飛，勾爪如銀尖且利，鋸牙似鑿密還齊，
身披金甲無絲縫，腰束龍絛有見機，手執鋼刀明幌幌，
英雄威武世間稀，一聲吆喝如雷震，問道敲門者是誰，
大聖轉身道，是你孫老爺齊天大聖也，老魔笑道，你是孫行者，大膽潑猴，我不惹你，你却爲何在此叫戰，行者道，有風方起浪，無潮水自平，你不惹我，我好尋你，只因你狐群狗黨，結爲一夥，筭計吃我師父，所以來此施爲，老魔道，你這等雄糾糾的嚷上我門，莫不是要打麼，行者道，正是老

魔道，你休猖獗，我若調出妖兵，擺開陣勢，搖旗擂鼓，與你交戰，顯得我是坐家虎，欺負你了。我只與你一個對一個，不許幫丁。行者聞言，叫八戒走過，看他把老孫怎的。那獃子真個閃在一邊。老魔道，你過來，先與我做個樁兒，讓我儘力氣，着光頭砍上三刀，就讓你唐僧過去，假若禁不得，快送唐僧來，與我做一頓下飯。行者聞言，笑道，妖怪，你洞裡若有紙筆，取出來，與你立個合同，自今日起，就砍到明年，我也不與你當真。那老魔抖擻威風，丁字步站定，雙手舉刀，望大聖劈頂就砍。這大聖把頭往上一迎，只聞扢扠一聲响，頭皮兒紅也不紅。那老魔大驚道，這猴子好個硬

頭兒大聖笑道你不知老孫是
生就銅頭鐵腦蓋天地乾坤世上無斧砍鎚敲不得碎
幼年曾入老君爐四斗星官監臨造二十八宿用工夫
水浸幾番不得壞周圍扢搭板筋鋪唐僧還恐不堅固
預先又上紫金箍
老魔道猴兒不要說嘴看我這二刀來決不容你性命行
者道不見怎的左右也只這般砍罷了老魔道猴兒你不
知這刀
金火爐中造神功百煉熬鋒刃依三略剛強按六韜卻
似蒼蠅尾猶如白蟒腰入山雲蕩蕩下海浪滔滔琢磨

無遍數煎熬幾百遭，深山古洞放，上陣有功勞，攙着你這和尚天靈蓋，一削就是兩個瓢。大聖笑道，這妖精沒眼色，把老孫認做個瓢頭哩，也罷，俁砍俁讓，敎你再砍一刀，看怎麽，那老魔舉刀又砍，大聖把頭迎一迎，乒乓的劈做兩個半，大聖就地打個滾，變做兩個身子，那魔一見，慌了手，按下鋼刀，猪八戒遠遠望見，笑道，老魔好砍兩刀的，却不是四個人了，老魔指定行者道，聞你能使分身法，怎麽把這法兒拿出在我面前使，大聖道，何為分身法，老魔道，為甚麽先砍你一刀不動，如今砍你一刀，就是兩個人，大聖笑道，妖怪，你切莫害怕，砍上一萬刀。還你二萬個人。老魔道。你這猴兒。你只會分身。不會分身奇矣收身更奇收身。你若有本事收做一個。打我一棍去罷。大聖道。不許說謊。你要砍三刀。只砍了我兩刀。教我打兩棍。若打了棍半。就不姓孫。老魔道。正是正是。好大聖。就把身摟上來。打個滾。依然一個身子。掣棒劈頭就打。那老魔舉刀架住道潑猴無禮。甚麼樣個哭喪棒。敢上門打人。大聖喝道。你若問我這條棍。天上地下。都有名聲。老魔道。怎見名聲。他道

棒是九轉鑌鐵煉。老君親手爐中煅。禹王求得號神珍

四海八河為定驗。中間星斗暗鋪陳。兩頭箝裹黃金片

花紋密布鬼神驚。上造龍紋與鳳篆。名號靈陽棒一根

深藏海藏人難見，成形變化要飛騰，飄颻五色霞光現，

老孫得道取歸山，無窮變化多經驗，時間要大甕來粗，

或小些微如鐵線，粗如南岳細如針，長短隨吾心意變，

輕輕舉動彩雲生，亮亮飛騰如閃電，攸攸冷氣逼人寒，

條條殺霧空中現，降龍伏虎謹隨身，天涯海角都遊遍，

曾將此棍鬧天宮，威風打散蟠桃宴，天王賭鬥未曾贏，

哪吒對敵難交戰，棍打諸神沒躲藏，天兵十萬都逃竄，

雷霆泉將護靈霄，飛身打上通明殿，掌朝天使盡皆驚，

護駕仙卿俱攪亂，舉捧獻翻北斗宮，回首振開南極殿，

金闕天皇見棍忙，特請如來與我見，兵家勝負自如然，

困苦災危無可辨整整挨排五百年虧了南海菩薩勸
大唐有個出家僧對天發下洪誓願枉死城中度鬼魂
靈山會上求經卷西方一路有妖魔行動甚是不方便
已知鐵棒世無雙央我途中為侶伴邪魔湯着赴幽冥
肉化紅塵骨化麪處處妖精棒下亡論萬成千無打筭
上方擊壞斗牛宮下方壓損森羅殿天將曾將九曜追
地府打傷催命判半空丟下振山川勝如太歲新華劍
全憑此棍保唐僧天下妖魔都打遍
那魔聞言戰兢兢捨着性命舉刀就砍猴王笑吟吟使鐵
棒前迎他兩個先時在洞前撐持然後跳起去都在半空

裡廝殺．這一塲好殺．

天河定底神珍棒．棒名如意世間高．誇稱手段魔頭彎．大桿刀．擎法力．豪門外爭持還可近．空中賭鬬怎相饒．一個隨心更面目．一個立地長身腰．殺得滿天雲氣重．徧野霧飄颻．那一個幾番立意擒三藏．這一個廣施法力保唐朝．都因佛祖傳經典．邪正分明恨苦交．

那老魔與大聖鬬經二十餘合．不分輸贏．原來八戒在底下．見他兩個戰到好處．忍不住．掣鈀架風．跳將起去．望妖魔劈臉就築．那魔慌了．不知八戒是個嚖頭性子．冒冒失失的諕人．他只道嘴長耳大．手硬鈀兇．敗了陣．丟了刀．回

頭就走大聖喝道趕上趕上這猷子仗着威風舉着釘鈀
即忙趕下怪去老魔見他趕得相近在坡前立定迎着風
頭幌一幌現了原身張開大口就要來吞八戒八戒害怕
急抽身往草裡一鑽也管不得荆針棘刺也顧不得刮破
頭疼戰兢兢的在草裡聽着梆聲隨後行者趕到那怪也
張口來吞卻中了他的機關收了鐵棒迎將上去被老魔
一口吞之諕得個猷子在草裡囊囊咄咄的埋怨道這個
弼馬溫不識進退那怪來吃你你如何不走反去迎他這
一口吞在肚中今日還是個和尚明日就是個大恭也（大恭字奇幻）那
魔得勝而去這猷子才鑽出草來溜回舊路却說三藏在

那山坡下，正與沙僧盼望，只見八戒喘呵呵的跑來。三藏大驚道：八戒你怎麽這等狼狽，悟空如何不見？獃子哭哭啼啼道：師兄被妖精一口吞下肚去了。三藏聽言，諕倒在地，者聦悶跌脚拳胸道：徒弟呀，只說你善會降妖，領我西天見佛，怎知今日死於此怪之手。苦哉苦哉，我弟子同衆的功勞，如今都化作塵土矣。那師父十分苦痛。你看那獃子，他也不來勸解師父，却叫：沙和尚，你拿將行李來，我兩個分了罷。沙僧道：二哥，分怎的？八戒道：分開了，各人散火。你往流沙河，還去吃人；我往高老庄，看看我渾家，將白馬賣了，與師父買個壽器送終。長老氣呼呼的，聞得此言，叫士大放聲大哭且不題却說那老魔吞了行者以爲得計徑回本洞衆妖迎問出戰之功老魔道拿了一個來了二魔喜道哥哥拿的是誰老魔道是孫行者二魔道拏在何處老魔道被我一口吞在腹中哩第三個魔頭大驚道大哥阿我就不曾分付你孫行者不中吃那大聖肚裡道忒中吃又禁飢再不得餓慌得那小妖道大王不好了孫行者在你肚裡說話哩老魔道怕他說話有本事吃了他沒本事擺布他不成你們快去燒些鹽白湯等我灌下肚去把他噦出來慢慢的煎了吃酒小妖真個冲了半盆鹽湯老怪一飲而乾洼着口着實一嘔那大聖在肚裡生了根

動也不動，却又攔着喉嚨，往外又吐，吐得頭暈眼花，黃胆
都破了。行者越發不動。老魔喘息了，叫聲孫行者，你不出
來。行者道：早哩，正好不出來哩。老魔道：你怎麽不出。行者
（別人藏在西上，他如猴在肚裡）
道：你這妖精甚不通變，我自做和尚，十分淡薄，如今秋涼
我還穿個單直裰，這肚裡倒煖，又不透風，等我住過冬，方
好出來。衆妖聽說，都道：大王，孫行者要在你肚裡過冬哩。
老魔道：他要過冬，我就打起禪來，使個搬運法，一冬不吃
飯，就餓殺那弼馬溫。大聖道：我兒子，你不知事，老孫保唐
僧取經，從廣裡過，帶了個摺疊鍋兒，進來煮雜碎吃，將你
這裡邊的肝腸肚肺，細細兒受用，還勾盤纏到清明哩。那

二魔大驚道哥阿這猴子他幹得出來三魔道哥阿吃了雜碎也罷不知在那里支鍋行者道三叉骨上好支鍋三魔道不好了假若支起鍋燒動火烟熗到鼻孔裡打噴嚏麼行者笑道沒事等老孫把金箍棒往頂門裡一搠搠個窟窿一則當天窗二來當烟洞老魔聽說雖說不怕却也心驚只得硬着膽叫兄弟們莫怕把我那藥酒拿來等我吃幾鍾下去把猴兒藥殺了罷行者暗笑道老孫五百年前大鬧天宮時吃老君丹玉皇酒王母桃及鳳髓龍肝那樣東西我不曾吃過是甚麼藥酒敢來藥我那妖精眞個將藥酒篩了兩壺滿滿斟了一鍾遞與老魔老魔接在手

中大聖在肚裡就聞得酒香道不要與他吃好大聖把頭一扭變做個喇叭口子張在他喉嚨之下那怪嚥的酒下被行者嚥的接吃了第二鍾嚥下被行者嚥的又接吃了一連吃了七八鍾都是他接吃了老魔放下鍾道不吃了這酒常時吃兩鍾腹中如火却才吃了七八鍾臉上紅也不紅原來這大聖吃不多酒接了他七八鍾吃了在肚裡撒起酒風來不住的支架了跌四平踢飛脚抓住肝花打鞦韆竪蜻蜓翻根頭亂舞那怪物疼痛難禁倒在地下不知死活如何且聽下回分解

總批

第七十六回

心神居舍魔歸性　木母同降怪體真

話表孫大聖在老魔肚裡支吾一會那魔頭倒在塵埃無聲無氣若不言語想是死了却又把手放放魔頭回過氣來叫一聲大慈大悲齊天大聖菩薩行者聽見道兒子莫廢工夫省幾個字兒只叫孫外公罷那妖魔惜命真個叫外公外公是我的不是了一差二悞吞了你你却如今反害我萬望大聖慈悲可憐螻蟻貪生之意饒了我命願送你師父過山也大聖雖英雄甚爲唐僧進步他見妖魔哀告好奉承的人他就回了善念叫道妖怪我饒你你怎麼

送我師父老魔道我這里也沒甚麼金銀珠翠瑪瑙珊瑚琉璃琥珀玳瑁珍奇之寶相送我兄弟三個擡一乘香藤轎兒把你師父送過此山行者笑道既是擡轎相送强如要寶你張開口我出來那魔頭真個就張開口那三魔走近前悄悄的對老魔道大哥等他出來時把口往下一咬

三魔亦痴獃道行者無耳的

將猴兒嚼碎嚥下肚却不得磨害你了原來行者在裡面聽得便不先出去却把金箍棒伸出試他一試那怪果往下一口扢喳的一聲把個門牙都迸碎了行者抽回棒道好妖怪我倒饒你性命出來你反咬我要害我命我不出來活活的只弄殺你不出來不出來老魔報怨三魔道兄

弟。你是自家人弄自家人了。且是請他出來好了。你却教我咬他。他倒不曾咬着。却逆得我牙齒疼痛。這是怎麼起的。三魔見老魔怪他。他又作個激將法。厲聲高叫道。孫行者聞你名如轟雷貫耳。說你在南天門外施威。靈霄殿下逞勢。如今在西天路上降妖縛怪。原來是個小輩的猴頭。行者道。我何爲小輩。三怪道。好看千里客。萬里去傳名。你出來。我與你賭鬥。才是好漢。怎麼在人肚裡做勾當。非小輩而何。行者聞言。心中暗想道。是是是。我若如今扯斷他腸。揣破他肝。弄殺這怪。有何難哉。但眞是壞了我的名頭。也罷也罷。你張口。我出來與你比併。但只是你這洞口窄偏不好使家火須往寬處去二三魔聞說即點大小怪前後後有三萬多精都執着精銳器械出洞擺開一個三才陣勢專等行者出口一齊上陣那二怪攙着老魔徑至門外叫道孫行者好漢出來此間有戰場好鬥大聖在他肚裡聞得外面鴉鳴鵲噪鶴唳風聲知道是寬濶之處却想着我不出去是失信與他若出去這妖精人面獸心先時說送我師父哄我出來咬我今又調兵在此也罷也罷與他個兩全其美出去便出去還與他肚裡生下一個根兒即轉手將尾上毫毛拔了一根吹口仙氣叫變即變一條繩兒只有頭髮粗細倒有四十丈長短那繩兒理出去見

風就長粗了把一頭拴着妖怪的肝繫上打做個活扣兒那扣兒不扯不緊扯緊就痛卻拿着一頭笑道這一出去他送我師父便罷如若不送亂動刀兵我也沒工夫與他打只消扯此繩兒就如我在肚裡一般又將身子變得小小的往外爬爬到咽喉之下見妖精大張着方口上下鋼牙排如利刃忽思量道不好不好若從口裡出去扯這繩兒他怕疼往下一嚼卻不咬斷了我打他沒牙齒的所在出去好大聖理着繩兒從他那上腭子往前爬爬到他鼻孔裡那老魔鼻子發癢阿嚏的一聲打了個噴嚔直迸出行者行者見了風把腰躬一躬就長了有三丈長短一隻

手扯着繩兒一隻手拿着鐵棒那魔頭不知好歹見他出來了就舉鋼刀劈臉來砍道大聖一隻手使鐵棒相迎只見那二怪使鎗三怪使戟沒頭沒臉的亂上大聖放鬆了繩收了鐵棒急縱身駕雲走了原來怕那夥小妖圍繞不好幹事他却跳出營外去那空濶山頭上落下雲雙手把繩儘力一扯老魔心裡才疼他害疼往上一掙大聖復往下一扯衆小妖遠遠看見齊聲高叫道大王莫惹他讓他去罷這猴兒不按時景清明還未到他却那里放風箏也大聖聞言着力氣蹬了一蹬那老魔從空中拍剌剌似紡車兒一般跌落塵埃就把那山坡下死硬的黃土跌做個

二尺淺深之坑。慌得那二怪三怪。一齊按下雲頭。上前扯住繩兒。跪在坡下。哀告道。大聖呵。只說你是個寬洪海量之仙。誰知是個鼠腹蝸腸之輩。實實的哄你出來與你見陣。不期你在我家兄心上。拴了一根繩子。行者笑道。你這夥潑魔。十分無禮。為前哄我出。便就咬我。這番哄我出。却又擺陣敵我。似這幾萬妖兵。戰我一個。理上也不通。扯了去。扯了去。見我師父。那怪一齊叩頭道。大聖慈悲。饒我性命。願送老師父過山。行者笑道。你要性命。只消拿刀把繩子割斷罷了。老魔道。爺爺啞。割斷外邊的。這裡邊的拴在（妙）心上。喉嚨裡又𢱕𢱕的噁心。怎生是好。行者道。既如此張

開户等我再進去解出繩來。老魔慌了道。這一進去。又不
肯出來。却難也。却難也。行者道。我有本事。外邊就可以解
得裡面繩頭也。解了可實實的送我師父麽。老魔道。但解
就送。決不敢打誑語。大聖審得是實。即便將身一抖收了
毫毛。那怪的心就不疼了。這是孫大聖掩樣的法兒。使毫
毛拴着他的心。收了毫毛。所以就不害疼也。三個妖縱身
而起。謝道。大聖請回。上覆唐僧。收拾下行李。我們就擡轎
來送。衆怪偃干戈。盡皆歸洞。大聖收繩子。徑轉山東邊遠
的看見唐僧睡在地下打滚痛哭。豬八戒與沙僧解了包
袱。將行李搭包兒。在那里分理。行者暗暗嗟歎道。不消講

了。這定是八戒對師父說。我被妖精吃了。師父捨不得我痛哭。那獃子卻分東西散火哩。咦。不知可是此意。且等我叫他一聲看。落下雲頭。叫道師父。沙僧聽見。報怨八戒道你是個棺材座子。專一害人。師兄不曾死。你卻說他死了。在這里幹這個勾當。那里不叫將來了。八戒道我分明看見他被妖精一口吞了。想是日辰不好。那猴子來顯魂哩。行者到跟前。一把撾住八戒臉。一個巴掌。打了個躘踵道夯貨。我顯甚麼魂。獃子。侮着臉道哥哥。你實是那妖吃了你。你怎麼又活了。行者道像你這個不濟事的膿包他吃了我。我就抓他腸。捏他肺。又把這條繩兒穿住他的心。扯得疼痛難禁一個個叩頭哀告我才饒了他性命如今撞輪來送我師父過山也那三藏聞言一骨魯爬起來對行者欠身道徒弟呵累殺你了若信悟能之言我已絕矣行者輪拳打着八戒罵道這個囔糠的獃子十分懈怠甚不成人師父你切莫惱那怪就來送你也沙僧甚生慚愧連忙遮掩收拾行李扣背馬匹都在途中等候不題却說三個魔頭帥羣精回洞二怪道哥哥我只道是個九頭八尾的孫行者原來是恁的個小小猴兒你不該吞他只與他鬬時他那里鬬得過你我洞裏這幾萬妖精吐唾沫也可渰殺他你却將吞他在肚裏他便弄起法來教你受苦怎

麼敢與他比較才是說送唐僧都是假意實爲兄長惜命要緊所以哄他出來決不送他老魔道賢弟不送之故何也二怪道你與我三千小妖擺開陣勢我有本事拿住這個猴頭老妖道莫說三千憑你起老營去只是拿住他便大家有功那二魔即點三千小妖徑到大路傍擺開着一個藍旗手往來傳報教孫行者趁早出來與我二大王爺交戰八戒聽見笑道哥阿常言道說謊不瞞當鄉人就來弄虛頭搗鬼怎麼就降了妖精就擡轎來送師父却又來叫戰何也行者道老怪巳被我降了不敢出頭聞着個孫字兒也害頭疼這定是二妖魔不伏氣送我們故此叫戰

我道兄弟這妖精有弟兄三個這般義氣我弟兄也是三個就沒些義氣我已降了大魔二魔出來你就與他戰戰未為不可八戒道怕他怎的等我去打他一仗來行者道要去便去罷八戒笑道哥阿去便去你把那繩兒借與我便使行者道你要怎的你又沒本事鑽在他肚裏又沒本事拴在他心上要他何用八戒道我要扣在這腰間做個救命索你與沙僧扯住後手放我出去與他交戰估着贏了他你便放繩我把他拿住若是輸與他你把我扯回來莫教他拉了去行者暗笑道我且捉弄獃子一番真個就把繩兒扣在他腰裏撮弄他出戰那獃子舉釘鈀跑上山

崖叫道妖精出來與你猪祖宗打來那藍旗手急報道大王有一個長嘴大耳睬的和尚來了二怪即出營見了八戒更不打話挺鎗劈面刺來這獃子舉鈀上前迎住他兩個在山坡前搭上手鬭不上七八回合獃子手軟架不得妖魔急回頭叫師兄不好了扯扯救命索扯扯救命索這壁廂大聖聞言轉把繩子放鬆了抛將去那獃子敗了陣往後就跑原來那繩子拖着走還不覺轉回來因鬆了到有些絆脚自家絆上了一跌爬起來又一跌始初還跌個躘踵後面就跌了個嘴揭地被妖精赶上捽開鼻子就如蛟龍一般把八戒一鼻子捲住得勝回洞衆妖凱歌齊唱

一擁而歸這坡下三藏看見又惱行者道悟空怪不得悟
能呪你死哩原來你兄弟全無相親相愛之意專懷相嫉
相妒之心他這般說教你扯扯救命索你怎麼不扯反將
索子丟去如今教他被害却如之何行者笑道師父也忒
護短忒偏心罷了象老孫拿去時你略不掛念左右是捨
命之材這獃子才自遭擒你就怪我也教他受些苦惱方
○着○眼○
見取經之難三藏道徒弟阿你去我豈不掛念想着你會
變化斷然不至傷身那獃子生得狼犺又不會騰那這一
去少吉多凶你還去救他一救行者道師父不得報怨等
我去救他一救急縱身趕上山暗中恨道這獃子呪我死

且莫與他個快活且跟去看那妖精怎麼擺布他等他受
些罪再去救他即捻訣念起真言摇身一變即變做個蟭
蟟虫飛將去釘在八戒耳躲根上同那妖精到了洞裡二
魔帥三千小妖大吹大打的至洞口屯下自將八戒拿入
裡面道哥哥我拿了一個來也老怪道拿來我看他把鼻
子放鬆捽下八戒道這不是老怪道這廝沒用八戒聞言
道大王沒用的放出去尋那有用的捉來罷三怪道雖是
沒用也是唐僧的徒弟猪八戒且綑了送在後邉池塘裡
浸着待浸退了毛破開肚子使鹽醃了晒乾等天陰下酒
八戒大驚道罷了罷了撞見那販醃的妖怪也衆妖一齊

下手把獃子四馬攢蹄綑住扛扛擡擡送至池塘邊往中間一推盡皆轉去大聖却飛起來看處那獃子四肢朝上掘着嘴半浮半沉嘴裡呼呼的着實好笑倒像八九月經霜落了子兒的一個大黑蓮蓬大聖見他那嘴臉又恨他又憐他說道怎的好麼他也是龍華會上的一個人但只恨他動不動分行李散火又要攛掇師父念緊箍呪呪我我前日曾聞得沙僧說他僭了些私房不知可有否等我且嚇他一嚇看好大聖飛近他耳邊假揑聲音叫聲猪悟能猪悟能八戒慌了道晦氣啞我這悟能是觀世音菩薩起的自跟了唐僧又呼做八戒此間怎麼有人知道我叫

做悟能獃子忍不住問道是那個叫我的法名行者道是我獃子道你是那個行者道我是勾司人那獃子慌了道長官你是那里來的行者道我是五閻王差來勾你的獃子道長官你且回去上覆五閻王他與我師兄孫悟空交得甚好教他讓我一日兒明日來勾罷行者道胡說閻王○着○眼○註定三更死誰敢留人到四更趁早跟我去免得套上繩子扯拉獃子道長官那里不是方便看我這般嘴臉還想活哩死是一定死只等一日這妖精連我師父們都拿來會一會就都了帳也行者暗笑道也罷我這批上有三十個人都在這中前後等我拘將來就你便有一日耽閣俟

可有盤纏把些兒我去八戒道可憐阿出家人那里有甚
麽盤纏行者道若無盤纏索了去跟着我走㲀子慌了道
長官不要索我曉得你這繩兒叫做追命繩索上就要斷
氣有有有有便有些兒只是不多行者道在那里快拿出
來八戒道可憐可憐我自做了和尚到如今有些善信的
人家齋僧見我食腸大襯錢比他們畧多些兒我拿了攢
湊這里零零碎碎有五錢銀子因不好收拾前者到城中
央了個銀匠煎成一處他又沒天理偷了我幾分只得四
錢六分一塊兒你拿去罷行者暗笑道這㲀子褲子也沒
得穿却藏在何處咄你銀子在那里八戒道在我左耳聧

眼兒裡揌着哩我綑了拿不得你自家拿了去罷行者聞言即伸手在耳躲竅中摸出眞個是塊馬鞍兒銀子足有四錢五六分重拿在手裡忍不住哈哈的大笑一聲那獃子認是行者聲音在水裡亂罵道天殺的弼馬温到這們苦處還來打詐財物哩行者又笑道我把你這饢糟的老孫保師父不知受了多少苦難你到攢下私房八戒道嘴臉這是甚麼私房都是牙齒上刮下來的我不捨得買來嘴吃留下買疋布兒做件衣服你却嚇了我的還分些兒與我行者道半分也沒得與你八戒罵道買命錢讓與你罷好道也救我出去麼行者道莫發急等我救你將銀子

藏了，即現原身，掣鐵棒把欵子剗攏，用手提着脚扯上來，
解了繩，八戒跳起來，脫下衣裳，整乾了水，抖一抖，潮漉漉
的披在身上，道哥哥開後門走了罷，行者道後門裡走，可
是個長進的，還打前門上去，八戒道我的脚細麻了，跑不
動，行者道，快跟我來，好大聖，把鐵棒一路丟開解數，打將
出去，那欵子忍着麻，只得跟定他，只看見二門下靠着的
是他的釘鈀，走上前，推開小妖，撈過來，往前亂築，與行者
打出三四層門，不知打殺了多少小妖，那老魔聽見對二
魔道，拿得好人，拿得好人，你看孫行者劫了猪八戒，門上
打傷小妖也，那二魔急縱身，綽鎗在手，赶出門來，應聲罵

道。潑猢猻這般無禮。怎敢眇視我等。大聖聽得。即應聲站下。那怪物不容講。使鎗便刺。行者正是會家不忙。掣鐵棒劈面相迎。他兩個在洞門外。這一塲好殺

黃牙老象變人形。義結獅王爲弟兄。因爲大魔來說合。同心計算吃唐僧。齊天大聖神通廣。輔正除邪要滅精。八戒無能遭毒手。悟空拯救出門行。妖王赶上施英猛。鎗棒交加各顯能。那一個鎗來好似穿林蟒。這一個棒起猶如出海龍。龍出海門雲靄靄。蟒穿林樹霧騰騰。算來都爲唐和尚。恨苦相持太沒情。

那八戒見大聖與妖精交戰。他在山嘴上。豎着釘鈀不來

幇打只管呆呆的看着那妖精見行者棒重滿身解數全無破綻就把鎗架住捽開鼻子要來捲他行者知道他的勾當雙手把金箍棒橫起來往上一舉被妖精一鼻子捲住腰胯不曾捲手你看他兩隻手在妖精鼻子上丟花棒兒耍子八戒見了搥胸道咦那妖怪晦氣呀捲我這夯的連手都捲住了不能得動捲那們滑的倒不捲手他那兩隻手拿着棒只消往鼻裡一搠那孔子裡害疼流涕怎能捲得他住行者原無心意倒是八戒教了他他就把棒幌一幌細如雞[illegible]丈餘真個往他鼻孔裡一搠那妖怪害怕沙的一聲把鼻子捽放被行者轉手過來一把撾住

用氣力往前一拉那妖精護疼徐着手舉步跟來八戒方
才敢近拿釘鈀望妖精胯子上亂築行者道不好不好那
鈀齒兒尖恐築破皮淌出血來師父看見又說我們傷生
只調柄兒來打罷真個獃子拿鈀柄走一步打一下行者
牽着鼻子就似兩個象奴牽至坡下只見三藏凝睛盼望
見他兩個嚷嚷鬧鬧而來即喚悟淨你看悟空牽的是甚
麼沙僧見了笑道師父大師兄把妖精揪着鼻子拉來真
愛殺人也三藏道善哉善哉那般大個妖精那般長個鼻
子你且問他他若歡歡喜喜送我等過山可饒了他莫傷
他性命沙僧急縱前迎着高聲叫道師父說那妖果送師

父過山。教不要傷他命哩。那怪聞説。連忙跪下。口裡嗚嗚的答應原來被行者揪着鼻子。揑囔了。就如重傷風一般叫道唐老爺。若肯饒命。即便擡轎相送。行者道我師徒俱是善勝之人。依你言且饒你命。快擡轎來。如再變卦。拿住决不再饒。那怪得脫手。磕頭而去行者同八戒見唐僧借言前事。八戒慚愧不勝。在坡前晾曬衣服等候。不題。那二魔戰戰兢兢回洞。未到時。已有小妖報知老魔三魔説。二魔被行者揪着鼻子拉去老魔悚懼。與三魔帥衆方出見二魔獨回。又皆接入。問及放回之故。二魔把三藏慈憫善勝之言。對衆説了一遍。一個個面面相覷。更不敢言。二魔道哥哥可送唐僧麼老魔道兄弟你說那里話孫行者這個廣施仁義的猴頭他先在我肚裡若肯害我性命一千個也被他弄殺了却才揪住你鼻子若是扯了去不放回只揑破你的鼻子頭兒却也惶恐快早安排送他去三魔笑道送送送老魔道賢弟這話却又相尚氣的了你不送我兩個送去罷三魔又笑道二位兄長在上那和尚倘不要我們送只這等瞞過去還是他的造化若要送不知正中了我的調虎離山之計哩老妖道何爲調虎離山三妖道如今把滿洞羣妖點將起來萬中選千千中選百百中選十六個又選三十個老妖道怎麼既要十六又要三十

三姪道三十箇要會烹煮的與他些精米細麵竹笋芽茶香蕈蘑菇豆腐麵觔着他二十里或三十里搭下窩鋪安排茶飯管待唐僧老姪道又要十六個何用三姪道着八個擡八個喝路我弟兄相隨左右送他一程此去向西四百餘里就是我的城池我那里自有接應的人馬若至城邊如此如此着他師徒首尾不能相顧要捉唐僧全在此十六個鬼成功老怪聞言懽忻不已真是如醉方醒似夢方覺道好好好即點衆怪先選三十與他物件又選十六擡一頂香藤轎子同出門來又分付衆妖俱不許上山閑走孫行者是箇多心的猴子若見汝等往來他必生疑識

破此計老怪送師衆至大路傍高叫道唐老爺今日不犯紅沙請老爺早早過山三藏聞言道悟空是甚人叫我行着指定道那廂是老孫降伏的妖精擡轎來送你哩三藏合掌朝天道善哉善哉若不是賢徒如此之能我怎生得去徑直向前對衆妖作禮道多承列位之愛我弟子取經東回向長安當傳揚善果也衆妖叩首道請老爺上轎那三藏肉眼凡胎不知是計孫大聖又是太乙金仙忠正之性只以爲擒縱之功降了妖怪亦豈期他都有異謀却也不曾詳察儘着師父之意即命八戒將行李稍在馬上與沙僧緊隨他使鐵棒向前開路顧盻吉凶八個擡起轎子

八個一遞一聲喝道，三個妖扶着轎杠，師父喜喜歡歡的端坐轎上，上了高山，依大路而行。此一去，豈知歡喜之間愁又至。經云，泰極否還生。時運相逢眞太歲，又值喪門弔客星。那夥妖魔同心合意的，侍衛左右，早晚慇懃，行經三十里獻齋，五十里又齋，未晚請歇，沿路齊齊整整，一日三飡，遂心滿意，良宵一宿，好處安身。西進有四百里餘程，忽見城池相近。大聖舉鐵棒，離轎僅有一里之遙，見城池，把他嚇了一跌，掙挫不起。你道他只這般大膽，如何見此着驚？原來望見那城中有許多惡氣，乃是

攢攢簇簇妖魔怪，四門都是狼精靈。斑斕老虎爲都

白面雄彪作總兵丫叉角鹿傳文引伶俐狐狸當道行千尺大蟒圍城走萬丈長蛇占路程。樓下蒼狼呼食伴。崖前花豹作人聲。搖旗擂鼓皆妖怪巡更坐鋪盡山精。狡兔開門弄買賣。野猪挑担運營生先年原是天朝國如今翻作虎狼城。

那大聖正當悚懼只聽得耳後風响。急回頭觀看原來是三魔雙手舉一柄畫桿方天戟。往大聖頭上打來。大聖急翻身爬起。使金箍棒劈面相迎。他兩個各懷惱怒。氣呼呼更不打話。咬着牙。各要相爭。又見那老魔頭傳號令。令鋼刀便砍八戒。八戒慌得。丢了馬輪着鈀。向前亂築那三魔纓長鎗望沙僧刺來沙僧使降妖杖支開架子敵住三個魔頭與三個和尚一個敵一個在那山頭捨死忘生苦戰那十六個小妖卻遵號令各各効能搶了白馬行囊把三藏一擁擡着轎子徑至城邊高叫道大王爺爺定計已拿得唐僧來了那城上大小妖精一個個跑下將城門大開分付各營捲旗息鼓不許吶喊篩鑼說大王原有令在前不許嚇了唐僧唐僧禁不得恐嚇一嚇就肉酸不中吃了衆妖都

懽天喜地邀三藏　　控背躬身接主僧

把唐僧一轎子擡上金鑾殿請他坐在當中一壁廂獻茶

獻飯左右旋繞那長老昏昏沉沉舉眼無親畢竟不知性
命何如且聽下回分解
總批
妖魔反覆處極似世上人情世上人情反覆乃眞妖
魔也作西遊記者不過借妖魔來畫個影子耳讀者
亦知此否

第七十七回

羣魔欺本性　一體拜真如

且不言唐長老困苦、却説那三個魔頭齊心竭力、與大聖兄弟三人、在城東半山內努力爭持、這一場正是那鐵刷箒刷銅鍋、家家挺硬好殺。

六般體相六般兵、六樣形骸六樣情。六惡六根緣六慾、六門六道賭輸贏。三十六宮春自在、六六形傷恨有名。這一個金箍棒、千般解數、那一個方天戟、百樣崢嶸。八戒釘鈀兇更猛、二姪長鎗俊又能。小沙僧寶杖非凡有、心打死老魔頭。鋼刀快利衆手無情、這三個是護衛真

僧無敵將那三個是亂法欺君潑埜精起初猶可向後彌兒六枚都使昇空法雲端裏面各翻騰一時間吐霧噴雲天地暗哮哮吼吼只聞聲

他六個鬬罷多時、漸漸天晚、却又是風霧漫漫霎時間就黑暗了、原來八戒耳大蓋着眼皮越發昏濛、手脚慢又遮架不住、拖着鈀敗陣就走、被老魔舉刀砍去幾乎傷命、幸躲過頭腦、被刀口削斷幾根鬃毛、赶上張開口咬着領頭、拿入城中丢與小妖綑在金鑾殿、老妖又駕雲起在半空助力、沙和尚見事不諧虛幌着寶杖顧本身回頭便走、被二怪捽開鼻子响一聲連手捲住拿到城裏也叫小妖綑在殿下却又騰空去叫拿行者行者見兩個兄弟遭擒他自家獨難撑架正是好手不敵雙拳雙拳難敵四手、他喊一聲把棍子隔開三個妖魔的兵器縱觔斗駕雲走了、三怪見行者、駕觔斗時即抖抖身現了本像搧開兩翅趕上大聖你道他怎能趕上、當時如行者鬧天宮十萬天兵也拿他不住者以他會駕觔斗雲一去有十萬八千里路、所以諸神不能趕上這妖精搧一翅就有九萬里、兩搧就趕過了所、以被他一把撾住拿在手中左右掙挫不得、欲思要走莫能逃脫即使變化法遁法又往來難行、變大些兒他就放鬆了、撾住變小些兒他又揞緊了、撾住復拿了徑回城內放了手捽下塵埃分付羣妖也照八戒沙僧綑在一處那老魔三魔俱下來迎接三個魔頭同上寶殿噫這一番倒不是綑住行者分明是與他送行此時有二更時候衆怪一齊相見畢把唐僧推下殿來那長老在燈光前忽見三個徒弟都綑在地下老師父伏於行者身邊哭道徒弟呵當時逢難你却在外運用神通到那里請救降魔今番你亦遭擒我貧僧怎麽得命八戒沙僧聽見師父這般苦楚便也一齊放聲痛哭行者微微笑道師父放心兄弟莫哭憑他怎的决然無傷等那老魔安靜了我們走路八戒道哥呵又來搗鬼了麻繩綑住鬆些兒還着水噴想

你這瘦人兒不覺我這胖哩不信你看兩脇上入
肉已有二寸如何脫身行者笑道莫說是麻繩綑的就是
碗粗的棕纜只也當秋風過耳何足罕哉師徒們正說處
只聞得那老魔道三賢弟有力量有智謀果成妙計拿將
唐僧來了叫小的們着五個打水七個刷鍋十個燒火二
十個擡出鐵籠來把那四個和尚蒸熟我兄弟們受用各
散一塊兒與小的們吃也教他個個長生八戒聽見戰兢
兢的道哥哥你聽那妖精計較要蒸我們吃哩行者道不
要怕等我看他是雛兒妖精是把勢妖精沙和尚哭道哥
啊且不要說寬話如今已與閻王隔壁哩且講甚麼雛兒

把勢說不了又聽得二妖說猪八戒不好蒸八戒懽喜道阿彌陀佛是那個積陰騭的說我不好蒸三妖道不好蒸剝了皮蒸八戒慌了厲聲喊道不要剝皮粗自粗湯响就爛了老妖道不好蒸的安在底下一隔行者笑道八戒莫怕是雛兒不是把勢沙僧道怎麽認得行者道大凡蒸東西只從上邊起不好蒸的安在上頭一隔多燒把火圓了氣就爛了若安在底下一住了氣就燒半年也是不得氣上的他說八戒不好蒸安在底下不是雛兒是甚的八戒道哥阿依你說就活活的弄殺人了他打緊見不上氣撞開了把我翻轉過來再燒起火弄得我兩邊俱熟中間不

夾生了。正講時，只見小妖來報：湯滚了。老怪傳令叫擡。衆妖一齊上手，將八戒擡在底下一隔，沙僧擡在二隔。行者估着來擡他，他就脱身道：此燈光前好做手脚。拔下一根毫毛，吹口仙氣，叫變，即變做一個行者，細了麻繩。將真身出神，跳在半空裏，低頭看着。那羣妖那知真假，見人就擡，把個假行者擡在上三隔，才將唐僧揪翻倒綑住，擡在第四隔。乾柴架起，烈火氣焰騰騰。大聖在雲端裏嗟嘆道：我那八戒、沙僧還捱得兩滾，我那師父只消一滾就爛。若不用法救他，頃刻喪矣。好行者，在空中捻着訣，念一聲唵藍淨法界，乾元亨利貞的咒語，拘換得北海龍王早至。只見那雲端裏一朶烏雲應聲高叫道北海小龍敖順叩頭行者道請起請起無事不敢相煩今與唐師父到此被毒魔拿住上鐵籠烝哩你去與我護持護持莫教烝壞了龍王隨即將身變作一陣冷風吹入鍋下盤旋圍護更沒火氣燒鍋他三人方不損命將有三更盡時只聞得老魔發放道手下的我等用計勞形拿了唐僧四衆又因相送辛苦四晝夜未會得睡今已綑在籠裏料應難脫汝等用心看叫居十個小妖輪流燒火讓功們退宮略略安寢到五更天色將明必然爛了可安排下蒜泥鹽醋請我們起來空心受用衆妖各各遵命三個魔頭却各轉寢宮而去行者

在雲端裏明明聽着這等分付。却低下雲頭。不聽見籠裏人聲。他想着火氣上騰。必然也熱。他們怎麽不怕。又無言語哼哼。莫敢是蒸死了。等我近前再聽。好大聖。踏着雲搖身一變。變作一個黑蒼蠅兒。釘在鐵籠隔外。聽時只聞得八戒在裏面道。晦氣晦氣。不知是悶氣蒸。又不知是出氣蒸哩。沙僧道。二哥怎麽叫做悶氣出氣。八戒道。悶氣蒸是盖了籠頭。出氣蒸不盖。三藏在浮上一層應聲道。徒弟。不曾盖。八戒道。造化。今夜還不得死。這是出氣蒸了。行者聽得他三人都說話。未曾傷命。便就飛了去。把個鐵籠盖。輕輕兒盖上。三藏慌了道。徒弟。盖上了。八戒道。罷了。這個是悶氣蒸。今夜必是死了。沙僧與長老嬰嬰的啼哭。八戒道。且不要哭。這一會燒火的換了班了。沙僧道。你怎麼知道。八戒道。早先擡上來時。正合我意。我有些兒寒濕氣的病。要他騰騰。這會子反冷氣上來了。噯。燒火的長官。添上些柴便怎的。要了你的哩。行者聽見。忍不住暗笑道。這個夯貨。冷還好挨。若熱就要傷命。再說兩遭。一定走了風了。快早去救他。且住。要救他。須是要現本相。假如現了。一十個燒火的。看見。一齊亂喊。驚動老怪。卻不又費事。等我先送他個法兒。忽想起。我當初做大聖時。曾在北天門與護國大王猜枚耍子。贏得他瞌睡蟲兒。還有幾個。送了他罷。即

往腰間順帶裏摸摸還有十二個送他十個還留兩個做
種卽將頭兒抛了去散在十個小妖臉上鑽入鼻孔漸漸
打盹都睡倒了只有一個拿火叉的睡不穩揉頭搓臉把
鼻子左捏右捏不住的打噴嚏行者道這廝曉得勾當了
我再與他個雙揣燈又將一個頭兒抛在他臉上兩個頭
兒左進右出右出左進諒有一個安在那小妖兩三個大
呵撳把腰伸一伸丟了火叉也撲的睡倒再不翻身行者
道這法兒眞是妙而且靈卽現原身走近前叫聲師父唐
僧聽見道悟空救我呵沙僧道哥哥你在外面叫哩行者
道我不在外面好和你們在裏邊受罪八戒道哥呵溜撒

的濕了我們都是頂缺的在此受悶氣哩行者笑道獃子莫嚷我來救你八戒道哥呵救便要脫根救莫又要復籠蒸行者却揭開籠頭解了師父將假變的毫毛抖了一抖收上身來又一層層放了沙僧放了八戒那獃子才解了巴不得就要跑行者道莫忙莫忙却又念聲咒語發放了龍神才對八戒道我們這去到西天還有高山峻嶺師父沒脚力難行等我還將馬來你看他輕手輕脚走到金鑾殿下見那些大小羣妖俱睡着了却解了韁繩更不驚動那馬原是龍馬若是生人飛踢兩脚便嘶幾聲行者曾養過馬授弼馬溫之官又是自家一黨所以不跳不叫悄悄

的牽來、束緊了肚帶、扣備停當、請師父上馬、長老戰兢兢
的騎上、也就要走、行者道、也且莫忙、我們西去、還有國王
須要關文、方才去得、不然、將甚執照、等我還去尋行李來、
唐僧道、我記得進門時、衆姪將行李放在金殿左手下、担
兒也在那一邊、行者道、我曉得了、即抽身跳在宝殿尋時、
忽見光彩飄飄、行者知是行李、怎麽就知、以唐僧的錦襴
袈裟上有夜明珠、故此放光、急到前見担兒原封未動、連
忙拿下去、付與沙僧挑着、八戒牽着馬、他引了路、徑奔正
陽門、只聽得梆鈴亂响、門上有鎖、鎖上貼了封皮、行者道
這等防守、如何去得、八戒道、後門裏去罷、行者引路、徑奔

後門後宰門外。也有梆鈴之聲。門上也有封鎖。卻怎生是好。我這一番若不為唐僧是個凡體。我三人不管怎的也駕雲弄風走了。只為唐僧未超三界外。見在五行中。一身都是父母濁骨。所以不得昇界難逃。八戒道。哥哥不消商量。我們至那沒梆鈴不防備處。攝着師父爬過牆去罷。行者笑道。這個不好。此時無奈。攝他過去。到取經回來。你這獃子口敞。驀地里就對人說。我們去爬牆頭的和尚了。八戒道。此時也顧不得行檢。且逃命去罷。行者也沒奈何。只得依他。到那淨牆邊。算計爬出。噫。有這般事。也是三藏災星未脫。那三個魔頭在宮中正睡。忽然驚覺。說走了唐僧一個個披衣忙起急登寶殿問曰唐僧燒了幾滾了那些燒火的小妖已是有睡魔虫都睡着了就是打也莫想打得一個醒來其餘沒執事的驚醒幾個胃胃失失的答應道七七七七滾了急跑近鍋邊只見籠隔子亂丟在地下燒火的還都睡着慌得又來報道大王走走走走了三個魔頭都下殿近鍋前仔細看時果見那籠格子亂丟在地下湯鍋盡冷火腳俱無那燒火的俱呼呼鼾睡如泥慌得衆怪一齊吶喊都叫快拿唐僧快拿唐僧這一片喊聲振起把些前前後後大大小小妖精都驚起來刀鎗簇擁至正陽門下見那封鎖不動梆鈴不絕問外邊巡夜的道唐

僧從那里走了俱道不會走出人來急赶至後宰門封鎖
梆鈴亦如前門復亂搶搶的燈籠火把燎天通紅就如白
日却明明的照見他四衆爬墻哩、老魔赶近喒聲那里走
那長老唬得脚軟觔痳跌下墻來、被老魔拿住二魔捉了
沙僧、三魔擒倒八戒衆妖搶了行李白馬只是走了行者
那八戒口裏嘓嘓噥噥的報怨行者道、天殺的我說要救
便攏根救。如今却又復籠蒸了衆魔把唐僧擒至殿上却
不蒸了。二怪分付把八戒綁在殿前簷柱上、三怪分付把
沙僧綁在殿後簷柱上惟、老魔把唐僧抱住不放、三怪道
○○○○○○○○○○○○○○○○○也○說○得○趣○○○○
大哥你抱住他怎的終不然就活吃却也沒些、趣味此物

比不得那愚夫俗子拿了可以當飯此是上邦稀奇之物必須待天陰閒暇之時拿他出來整制精潔猜枚行令細吹細打的吃方可老魔笑道賢弟之言雖當但恐孫行者要來偷哩三魔道我這皇宮裏面有一座錦香亭那亭子內有一個鐵櫃依着我把唐僧藏在櫃內關了亭子卻傳出謠言說唐僧已被我們夾生吃了令小妖滿城講說那行者必然來探聽消息若聽見這話他必死心過地而去待三五日不來攪擾卻拿出來慢慢受用如何老怪二怪俱大喜道是是是兄弟說得有理可憐把個唐僧連夜拿將進去鎖在櫃中閉了亭子傳出謠言滿城裏都亂講不

題却說行者自夜半顧不得唐僧駕雲走脫徑至獅駝洞裏一路棍把那萬數小妖盡情勦絕急回來東方日出到城邊不敢叫戰正是单絲不線孤掌難鳴他落下雲頭搖身一變變作個小妖兒演入門裏大街小巷緝訪消息滿城裏俱道唐僧被大王夾生兒連夜吃了前前後後却是這等說行者着實心焦行至金鑾殿前觀看那里邊有許多精靈都戴着皮金帽子穿着黄布直身手拿着紅漆棍腰掛着象牙牌一往一來不住的亂走行者暗想道此必是穿宮的妖精就變做這個模樣進去打聽打聽好大聖果然變得一般無二混入金門正走處只見八戒綁在亭

前柱上哼哩行者近前叫聲悟能那獃子認得聲音道師兒你來了救我一救行者道我救你你可知師父在那里八戒道師父沒了昨夜被妖精夾生兒吃了行者聞言忽失聲淚似泉湧八戒道哥哥莫哭我也是聽得小妖亂講未會眼見你休悮了再去尋問尋問這行者却才收淚又生裏面找尋忽見沙僧捆在後簷柱上即近前摸着他胸脯子叫道悟淨沙僧也識得聲音道師兄你變化進來了救我救我行者道救你容易你可知師父在那里沙僧滿淚道哥阿師父被妖精等不得蒸就夾生兒吃了大聖聽得兩個言語相同心如刀攪淚似水流急縱身望空跳起

且不救八戒沙僧回至城東山上按落雲頭放聲大哭叫道師父呵

恨我欺天困網羅師來救我脫沉痾潛心篤志同參佛努力修身共煉魔豈料今朝遭蜇害不能保你上婆娑西方勝境無緣到氣散魂消怎奈何

行者悽悽慘慘的自思自忖以心問心道這都是我佛如來坐在那極樂之境沒得事幹弄了那三藏之經若果有心勸善禮當送上東土却不是個萬古流傳只是捨不得送去却教我等來取怎知道苦歷千山今朝到此喪命罷罷罷且駕個觔斗雲去見如來備言前事若肯把經與我

送上東土。一則傳揚善果，二則了我等心願。若不肯與我，教他把鬆箍兒咒念念，褪下這個箍子，交還與他，老孫還歸本洞，稱王道寡，耍子兒去罷。好大聖，急縱身駕起觔斗雲，徑投天竺。那里消一個時辰，早望見靈山不遠。須臾間按落雲頭，直至鷲峰之下。忽擡頭見四大金剛擋住道：那里走？行者施禮道：有事要見如來。當頭又有崐崘山金霞嶺不壞尊王永住金剛喝道：這潑猴，甚是粗狂。前者大困牛魔，我等爲汝努力，今日面見，全不爲禮。有事且待先奏奉召方行。這里比南天門不同，教你進去出來，兩邊亂走。咄！還不靠開！那大聖正是煩惱處，又遭此搶白，氣得哮吼如雷忍不住大呼小叫早驚動如來如來佛祖正端坐在九品寶蓮臺上與十八尊輪世的阿羅漢講經即開口道孫悟空來了汝等出去接待接待大衆阿羅遵佛旨兩路幢幡寶蓋即出山門應聲道孫大聖如來有旨相喚那山門口四大金剛却才閃開路讓行者前進衆阿羅引至寶蓮臺下見如來倒身下拜兩淚悲啼如來道悟空有何事這等悲啼行者道弟子屢蒙教訓之恩托庇在佛爺爺之門下自歸正果保護唐僧拜爲師範一路上苦不可言今至獅駝山獅駝洞獅駝城有三個毒魔乃獅王象王大鵬把我師父捉將去連弟子一齊遭迍都綑在蒸籠裏受湯

火之災，幸弟子脫逃，與龍王救免，是夜偷出師等，不料災星難脫，復又擒回，及至天明，入城打聽，叵耐那魔十分狠毒，萬樣驍勇，把師父連夜夾生吃了，如今骨肉無存，又況師弟悟能悟淨，見綁在那廂，不久性命亦皆傾矣，弟子沒及奈何，特地到此參拜如來，望大慈悲，將鬆箍呪兒念念，褪下我這頭上箍兒，交還如來，放我弟子回花果山寬闊耍子去罷，說未了，淚如泉湧，悲聲不絕，如來笑道，悟空少得煩惱，那妖精神通廣大，你勝不得他，所以這等心痛，行者跪在下面，搥着胸膛道，不瞞如來說，弟子當年鬧天宮稱大聖，自為人以來，不曾吃虧，今番却遭這毒魔之手，如來聞言道你且休㥮那妖精我認得他行者猛然失聲道如來我聽見人說講那妖精與你有親哩如來道這個刁獮猴怎麽個妖精與我有親行者笑道不與你有親如何認得如來道我慧眼觀之故此認得那老怪與二怪有主𠮟阿儺迦葉來你兩個分頭駕雲去五臺山峨眉山宣文殊普賢來見二尊者即奉旨而去如來道這是老魔二怪之主但那三怪說將起來也是與我有些親處行者道親是父黨母黨如來道是那混沌分時天開於子地闢於丑人生於寅天地再皆合萬物盡皆生萬物有走獸飛禽走獸以麒麟爲之長飛禽以鳳凰爲之長那鳳凰又得交合

之氣育生孔雀大鵬孔雀出世之時最惡能吃人四十五里路把人一口吸之我在雪山頂上修成丈六金身早被他也把我吸下肚去我欲從他便門而出恐污真身是我剖開他脊背跨上靈山欲傷他命當被諸佛勸解傷孔雀如傷我母故此留他在靈山會上封他做佛母孔雀大明王菩薩大鵬是與他一母所生故此有些親處行者聞言笑道如來若這般比論你還是妖精的外甥哩如來道那妖須是我去方可收得行者叩頭啟上如來千萬望玉趾一降如來即下蓮臺同諸佛衆徑出山門又見阿儺迦葉引文殊普賢來見二菩薩對佛禮拜如來道菩薩之獸下

山多少時了文殊道七日了如來道山中方七日世上幾千年不知在那廟傷了多少生靈快隨我收他去二菩薩相隨左右同衆飛空只見那

滿天縹緲瑞雲分我佛慈悲降法門明示開天生物理細言闢地化身文面前五百阿羅漢腦後三千揭諦神迦葉阿儺隨左右普文菩薩殄妖氛

大聖有此人情請得佛祖與衆前來不多時早望見城池行者報道如來那放黑氣的乃是師駝國也如來道你先下去到那城中與妖精交戰許敗不許勝敗上來我自收他大聖即按雲頭徑至城上脚踏着鵄兒罵道潑業畜快

出來與老孫交戰慌得那城樓上小妖急跳下城忙忙報大
王道孫行者在城上叫戰哩老妖道這猴兒兩三日不來
今朝却又叫戰莫不是請了些救兵來耶三怪道怕他怎
的我們都去看來三個魔頭各持兵器赶上城來見了行
者更不打話舉兵器一齊亂刺行者輪鐵棒掣手相迎鬬
經七八回合行者佯輸而走那妖王喊聲大振叫道那里
走大聖觔斗一縱跳上半空三個妖郎駕雲來赶行者將
身一閃藏在佛爺爺金光影裏全然不見只見那過去未
來見在的三尊佛像與五百阿羅漢三千揭諦神佈散左
右把那三個妖王圍住水泄不通老魔慌了手腳叫道兄

弟不好了那猴子真是個地里鬼那里請得個主人公來〇一到魔自散矣也三魔道大哥休得悚懼我們一齊上前使鎗刀攧倒如來奪他那雷音寶刹這魔頭不識起倒真個舉刀上前亂砍却被文殊普賢念動真言喝道這孽畜還不皈正更待怎生諕得老妖二妖不敢撑持丟了兵器打個滚現了本相二菩薩將蓮花臺抛在那妖的脊背上飛身跨坐二妖遂泯耳皈依二菩薩既收了青獅白象只有那第三個妖魔不伏騰開翅丟了方天戟扶搖直上輪利爪要爪捉猴王原來大聖藏在光中他怎敢近如來情知此意即閃金光把那鵲巢貫頂之頭迎風一幌變做鮮紅的一塊血肉

妖精輸利爪刁他一下被佛爺把手往上一指那妖翅膊上就了觔飛不去只在佛頂上不能遠遁現了本相乃是一個大鵬金翅鵰即開口對佛應聲叫道如來你怎麼使大法力困住我也如來道你在此處多生業障跟我去有進益之功妖精道你那里持齋把素極貧極苦我這裏吃

世人都是如此見識

人肉受用無窮你若餓壞了我你有罪愆如來道我管四大部洲無數衆生瞻仰凡做好事我教他先祭汝口那大鵬欲脫離脫要走怎走是以沒奈何只得皈依行者方才轉出向如來叩頭道佛爺你今收了妖精除了大害只是沒了我師父也大鵬咬着牙恨道潑猴頭尋這等狠人困

我你那老和尚幾曾吃他如今在那錦香亭鐵櫃裏不是行者聞言忙叩頭謝了佛祖佛祖不敢鬆放了大鵬也只救他在光焰上做個護法引衆回雲徑歸寶刹行者却按落雲頭直入城裏那城裏一個小妖見也沒有了正是蛇無頭而不行鳥無翅而不飛他見佛祖收了妖王各自逃生而去行者才解救了八戒沙僧尋着行李馬匹與他二人說師父不會吃都跟我來引他兩個徑入內院找着錦香亭打開門看內有一個鐵櫃只聽得三藏有啼哭之聲沙僧使降妖杖打開鐵鎖揭開櫃蓋叫聲師父三藏見了放聲大哭道徒弟阿怎生降得妖魔如何得到此尋着我

心行者把上項事從頭至尾細說了一遍三藏感謝不盡師徒們在那宮殿裡尋了些米糧安排些茶飯飽吃一飡收拾出城找大路投西而去正是

真經必得真人取　意嚷心勞總是虛

畢竟這一去不知幾時得面如來且聽下回分解

總批

有文殊普賢如來便有青獅白象大鵬即道學先生人心道心之說也勿看遠了